提高现代文阅读和写作成绩的金钥匙

王静作品
阅读试题详析详解

精神是生命的真正脊梁

这是一个发生在第二次世界大战中的故事。

一架盟军飞机由于机械故障，迫降在太平洋上，机上三名飞行员，靠一艘充气救生筏逃生。

在经历了死里逃生的短暂兴奋后，他们陷入了新的困境。随身携带的食物和水最多只能支撑三天，更要命的是，他们没有指南针，没有地图，谁都知道，这在漫无边际的太平洋上，意味着什么。

有限的食物和水很快用完了，求生的本能迫使他们想出各种办法应对所面临的威胁：没有食物，他们钓鱼充饥；没有水，收集雨水解渴。就这样，他们靠着这种最原始的生存方式，苦苦撑着在海上漂流了一个多月。

时间一天天过去，他们面前依然是无边无际的海水，获救的希望越来越渺茫。

这时，两名飞行员奇怪地发现他们的同伴在用手指蘸着海水品尝，并且每隔一段时间就尝上一口。

“可怜的埃里克，如果你实在渴得受不了的话，这里还有一口水。”一个同伴有气无力地说。

埃里克淡淡一笑：“不，我在试着寻找生机。”

又是几天过去，一眼望不到边的海水，无情地吞噬着他们求生的信念。身体越来越虚弱了，两个同伴对获救已不抱幻想，精神似乎垮了，等待着死神的降临。只有埃里克依然倔强地重复着那件毫无意义的事。

一天，在尝了海水之后，埃里克兴奋地大叫起来：“我们有救了！我们快到陆地了。”

“埃里克，你是不是在说梦话！”

“埃里克，你是不是疯了！”

虚弱的两个同伴伤心地看着他。

“不！不！我没疯，我很清醒。”埃里克激动地说，“从昨天开始，我发现海水的味道没有以前那么咸，开始变淡了，一定是河水把它冲淡的缘故。伙计们，我们有救了，附近肯定有陆地！”

终于，一路尝着海水，他们到达了一条大河的入海口。凭着埃里克不屈的抗争，他们得救了。

在这个世界上，人所处的绝境，在很多情况下，都不是生存的绝境，而是一种精神的绝境；只要你不在精神上垮下来，外界的一切都不能把你击倒！

真正的胜利和最终的胜利都是精神昂扬。

真正的失败和最终的失败都是精神垮塌。

精神啊，那是一个人的立命之本，一个民族的强大之本，一个国家的生存之本。

树活风雨土，人活精气神。

什么都可以没有，绝不可以没有精神！

在纪念长征胜利八十周年的时候，有一句解说词：“长征是他们的苦难，苦难是他们的光荣。”红军战士遇到人类前所未有的苦难，他们战胜、跨越了这些苦难。他们的行为，考验了人类在精神上和肉体上所能忍受的极限。红军战士所经历的苦难，成就了他们永世的光荣，也铸就了共产党人的韧性，使这个党能够战胜前进道路上的困难，再创中华民族的辉煌。

精神就是信仰。

信仰是最大的政治。信仰的力量比山重，比海深。一个人有了信仰，就有了力量。

信仰就是信念。

A 信念是一种高悬在天空中的伟大的东西，即使不可企及，也要坚信不疑。

B 历史的长河，如同一位智慧的长者，以纵横千里的雄姿，向我们展现着一个又一个鲜活的事例。

精神不死，生命永恒！

黄继光、邱少云、董存瑞，这些可爱的战士——他们从不和自己的祖国讲条件，没有任何奢求，绝不会因为没有空中支援就放弃进攻，绝不会埋怨炮兵火力不够，决不会怪罪没有足够的给养，只要一息尚存，他们就绝不放弃自己的阵地……血战长津湖时，他们甚至可以在零下近四十度的气温里整夜潜伏，身上仅仅只有单衣；他们可以在烈火中一动不动；他们中的每个人，都随时准备着拎起炸药包和敌人同归于尽……

二十九岁的舰载机飞行员张超，在训练中牺牲。为了强军梦，青春正盛的生命凋谢了。张超用年轻鲜活的生命，为我们书写的是军人的胆气！直面死亡而上的胆气！这不仅仅是英雄的精神，也是每一名中国军人义无反顾的担当。正是这种大无畏的担当和牺牲精神，铸成了我们的钢铁长城。

一个血性军人，身上最凶悍的装备，就是他随时准备为国捐躯的英雄气概！就是他敢打必胜的战斗精神！

九十三岁的“核潜艇之父”黄旭华，从青丝到白发，把一生献给了核潜艇事业。他的人生，正如深海中的潜艇，无声，但力量无穷。

九十五岁的吴孟超医生，手中一把刀，游刃肝胆精准细致；心中一团火，守着誓言从未熄灭。他就像一匹不知疲倦的老马，要把病人一个一个驮过河……

世界上，总有那么一些人，不为功名不贪利禄，只为胸中那一团燃烧的火焰倾其一生。他们的精神，他们的思想，他们的信仰，他们的人格，就是人类头顶的星空和脚踩的大地。

金一南说：“人活着，必须要有精神。精神是什么？是内心的力量，内心的光明。内心有力量，精神才有定力；内心有光明，力量才有指引。”

人要有仰望星空的精神高度，也要有根深千尺的精神厚度。或倾一己之力，或践一生之诺。

一个民族最可怕的危机，不是金融危机，不是公共危机，而是这个民族失去了精神信仰的危机！

精神是生命的真正脊梁！

精神是生命的阳光雨露！

人生，总要走过一段沧桑，才能踏上坚实的路。内心有一盏精神的明灯，就不怕世间的黑暗。那些我们曾经受的苦，担的责，扛的罪，忍的痛，到最后，都会变成绚丽的光，照亮我们未来的生命之路。

1．请找出本文的中心论点，并说说它有何特点？

2．文章开头讲述的二战中三名飞行员的逃生过程，有何作用？

3．阅读文中画波浪线的两个句子，它们运用了什么论证方法？有何作用？

4．阅读文中画横线的 A、B 两个句子，具体说说它们在结构上起什么作用。

5．除了开头部分，作者又列举了哪些事例？有何作用？

参考答案：

1．标题即是文章的中心论点：精神是生命的真正脊梁。用比喻修辞，生动形象地阐述了精神的重要性。

2．充当事实论据，引出下文的分析论述，有力地证明了中心论点。

3．对比论证和道理论证。通过对比，突出精神昂扬的重要性，有力证明了中心论点。另外，两个句子均独立成段，起强调作用。

4．结构上起承上启下的作用。文中说精神就是信仰，信仰就是信念。A 句是对前半部分论说的总结。B 句引出下文列举的英雄战士和几位军人医生的事例。使文章脉络分明，结构严谨，浑然一体。

5. 作者列举了黄继光等英雄战士和几位军人医生的事例，有力证明了“精神不死，生命永恒”的分论点，进而有力证明了文章的中心论点。

千年“老人”

来到新疆塔克拉玛干，我们全家专门走了一趟沙漠公路，为的是看胡杨。

为什么要看胡杨？说来话长。爸爸是边防军医，二十世纪六十年代末，妈妈带着我随军来到新疆和田的部队野战医院。爸爸一年中有三分之二时间都在喀喇昆仑山上巡医。那时山上不通邮，偶尔有爸爸的战友下山带回来的家信。一旦大雪封山，有半年时间根本就得不到爸爸的任何消息。突然有一次，听说爸爸要提前下山，全家像过年一样高兴。那天，爸爸是回来了，却是被担架抬出救护车的。记忆中比较深刻的印象是，妈妈拽着担架号啕大哭，懵懵懂懂的我和弟弟看见躺在担架上的爸爸脸色黝黑，嘴唇青紫，脸浮肿得厉害……

后来，爸爸逐渐康复了，他告诉我，他是因为在山上感冒引起了肺水肿，大雪封山，若不是首长下令派直升机接他下山，可能这条命就没了。那以后，爸爸说得最多的就是要报答组织，上山执行任务更勤了，哪里艰苦就到哪里去。我那时候对爸爸多有埋怨，别人家的孩子学校开运动会或家长会都有爸爸陪，而我却没有。我觉得自己很可怜，就像一棵小树，怎么生长全凭自己。唯一让我兴奋的，是爸爸从山上托人带回来的信，或长或短每次都会专门给我写上一段。A爸爸经常嘱咐我要学会感恩，要像沙漠胡杨一样坚强坚忍。爸爸说的沙漠胡杨到底是什么样，我并不知道。

参军入伍后，偶然在一本画报上看到一位摄影家拍摄的一组胡杨照片，当时的感觉就是漂亮。

一晃二十多年过去了，我从和田到乌鲁木齐，又从乌鲁木齐到北京。每每在电视上看到新疆的镜头，走进新疆风味的餐馆，便有一种天然的亲切感。心中始终有一个愿望，想回和田看一看第二故乡，看一看父亲形容的坚强坚忍的胡杨。终于，我们全家踏上了回疆的路。

汽车在塔里木沙漠公路上疾驰。这是目前世界上在流动沙漠中修建的最长的等级公路，全长522公里，像一条游弋在沙海中的黑色长龙，顺着沙丘起伏蜿蜒。公路两侧，高耸蓝天的井架，排列齐整的钻机，来来往往的车队，还有油田井口喷射的朵朵烈焰，给寂静的沙漠荒原增添了无限的活力生机。昔日的死亡之海，如今已成为造福人类的宝地。

过塔里木河大桥后，荒漠植被渐渐丰茂起来，远远的，可见一些树稀疏地站立在大漠烈日下。同行的老陈介绍：看！那就是胡杨。我迫不及待地跳下车，一股热浪扑面而来，望着眼前这些树，它们有的枝繁叶茂，在烈日的炙烤下，竭尽全力留下一片绿荫。

有的树冠已呈秃裸，但强劲的虬枝仍然直指蓝天，像一只只肌肉饱绽的青铜手臂，展示着沧桑的力与美。A有的已经枯死，斑驳的树干，发黄的树枝，却呈现出千姿百态的奇特造型，或如卧牛望月，或似奔马腾空，或曲如盘蛇，或弯似雕弓。粗壮的硬似铁骨，细柔的韧若牛筋。

胡杨的跋涉是何等艰辛，又是何等勇敢无畏？它是靠一种特殊的精神，才支撑起生命。有的树干从根部一直旋转到顶，那一定是千年风沙在胡杨身上留下的印痕，它们是死寂沙地的舞者，在旋转着生命，在记录着顽强。令我惊异的是，在一株枯枝下，新的枝条正蓬勃而出，似乎要再一次诠释生与死的生命礼赞！

老陈告诉我，胡杨有很长的生存历史，它和银杏树一样，有植物界“活化石”之称，被维吾尔族人誉为“托克拉克”，意为“最美丽的树”。胡杨也被喻为千年“老人”，活着一千年不死，死了一千年不倒，倒了一千年不朽。

我被深深震撼了！

胡杨，你顶风傲沙、气宇轩昂地矗立于天地之间；你奇特孤绝、伟岸挺拔地存在于天地之间；你顽强坚忍、昂扬不屈地傲立于天地之间。岁月沧桑、四季轮回、风霜雨雪、千磨万击、清高悲壮，你向世人呈现的始终是大气壮阔，从容厚重，那分明是在戈壁荒原上，严酷生存环境中昂扬着的生命旗帜！

你以一种绝美的姿态，在浩瀚的大漠上站立成一道绝世的风景。你将自己的根深深扎进贫瘠的沙砾之中，不畏漠风肆虐，不畏烈日炙烤，不担心倾倒，不害怕遗忘。即使是倾倒，虽然身躯横陈于大地，却紧守着生命的年轻；以顽强之躯，刚毅之魂，不屈不挠之性，不亢不卑之气，展示着傲骨。

想一想，我们的人生不也如此吗？多一些苦难磨炼，少一些盛誉赞歌；多一些坎坷艰辛，少一些欲望名利，生命更显悲壮之美、坚毅之美、阳刚之美。

荒漠戈壁中的胡杨是孤寂的，或许会被遗忘，甚至被轻贱，但它从容地接受着阳光，从容地生长着。而从容是多么可贵的品质啊，那是乱云飞渡时的沉着冷静，是物欲横流时的甘愿寂寞，是坎坎坷坷中的刚毅执着，是大起大落中的心平气和。

从容能使人在浮躁中操守恬静，在失去中坚守淡定。一个从容的人，即使没有时髦的装束、显赫的地位、富丽的宅邸，但一定拥有深沉的情思、高尚的情操、醇美的情怀……

B顷刻间，我似乎明白了当年爸爸的嘱咐。茫茫沙海，绵延荒漠，千年的风沙吹不尽岁月的痕迹，胡杨所演绎的生命哲理告诉我：一个人，只有自强自立，坚强坚忍，才会有属于自己的一片绿洲，才会成为一道独特的风景，才会完成自我生命的救赎。

不见胡杨，不知生命之辉煌！

不见胡杨，不知生命之壮美！

B如果有谁因为在人生痛苦的旋涡里长久沉浮、反复挣扎而感到难以支撑、力量殆尽，那么就去看一看胡杨吧！

如果有谁因为挫折和不幸的打击，对生活感到迷茫，对前途感到失望，那么就去看一看胡杨吧！

如果有谁因为痛恨尘世、厌倦人生而感到生命无助、走投无路，那么就去看一看胡杨吧！

1．结合内容，说说标题为何把胡杨比作千年“老人”，有何作用？

2．读文中画波浪线的A句，它运用了什么修辞？有何作用？

3．文中说“我被深深震撼了！”请解释“震撼”的含义，并说说作者为什么震撼。

4．读文中画横线的A、B两句，说说两句在结构和内容上有何联系？

5．读结尾画波浪线的B句，它运用了何种表达方式？有何作用？

参考答案：

1．标题把胡杨比作千年“老人”，生动地写出胡杨沧桑的力与美。它既是贯穿全文的线索，也是作者歌颂赞美的对象。

2．比喻、排比、对偶。生动形象地写出胡杨造型的千姿百态，表现胡杨沧桑的力与美，流露作者对胡杨的喜爱和极度的赞美之情。

3．“震撼”是被撼动，指心理受到了强大的冲击。作者在塔克拉玛干看见胡杨时，被它们千姿百态的造型和坚毅壮美的精神所折服，又听了老陈对胡杨“活化石”和“千年老人”的介绍，被深深地震撼。

4．爸爸常年叮嘱我要学会感恩，要像沙漠胡杨一样坚强坚忍。在我没看到胡杨之前，并不能理解这其中的含义。等我去新疆亲眼见了胡杨，被胡杨的壮美所折服，真正了解了胡杨的精神，才明白爸爸当年的叮嘱。这两句话前后照应，见证了胡杨对我的人生影响之大。

5．议论、抒情。作者用假设的三个排比段，指出假如我们在人生中遇见痛苦、挫折、不幸或者感到生命无助时，一定要学习胡杨的精神。强烈抒发了对胡杨的赞美之情。

人生不过三万天，爱我所爱，行我所行

一位朋友在作家史铁生面前抱怨自己活得太累。史铁生从一本书里抽出一张纸条递给他说：“看完这个纸条，你便知道自己是不是活得太累了。”

他接过纸条默默看起来，纸条上写着：

如果早上醒来，你发现自己还自由呼吸，你就比这一天离开人世的一万人更有福气。

如果你从未经历过战争的危险、受折磨的痛苦和忍饥挨饿的艰难……你已经好过世界上五亿人。

如果你的冰箱里有食物，身上有足够的衣服，有屋栖身，你已经比世界上百分之七十的人更富足。

如果你银行户头有存款，钱包里有现金，你已经身居世界上最富有的百分之八的人之列。

如果你的双亲仍然在世，而且他们身体健康，没有什么疾病折磨，你已属于稀少的一群。

如果你能抬起头，带着笑容，内心充满感恩的心情，你是真的幸福——因为世界上大部分人都可以这样做，但是，他们没有。

如果你能握着一个人的手，拥抱他，或者只在他的肩膀上拍一下……你的确有福气——因为你心中充满了爱。

如果你能读到这段文字，那么，你更是拥有双份的福气，你比二十亿不能阅读的人更幸福。

这个朋友读完，静静思忖了一会儿说：“我现在还呼吸着，

已经比那一万人幸运和富有了，因为我还有生命。虽然我银行里钱不多，但有衣穿，有三餐吃，有房住，已经比这世界上百分之七十的人更富有了。”

史铁生笑了。

后来，朋友读到一篇史铁生的作品，文中有这样一段：“生病的经验是一步步懂得满足。发烧了，才知道不发烧的日子多么清爽。咳嗽了，才体会不咳嗽的嗓子多么安详。刚坐上轮椅时，我老想，不能直立行走岂不把人的特点搞丢了？便觉天昏地暗，等又生出褥疮，一连数日只能歪七扭八地躺着，才看见端坐的日子其实多么晴朗。后来又患尿毒症，经常昏昏然不能思想，就更加怀恋起往日时光。终于醒悟：其实，每时每刻我们都是幸运的，任何灾难前面都可能再加上一个‘更’字。”

A 从心底写出这话的人，一定是吃尽了“疾病”的苦头，所以才有这样对“幸福底线”透彻的认识。

再后来，朋友专程去史铁生家，把那张史铁生给他看过的纸条要了去，一直珍藏在身边。他也经常把这段经历讲给其他人听。

C 的确，与其发发英雄牢骚，出出豪壮怨气，不如多想点高兴的事，少思些不如意的事。比如说吧，是楚霸王，就常想破釜沉舟，少想霸王别姬；是关公呢，就常想过五关斩六将，少想走麦城；是曹孟德呢，就常想官渡大捷，少思赤壁惨败；是东坡先生，就常想“千里共婵娟”，少思“高处不胜寒”；是清照女士，就多想“应是绿肥红瘦”，少思“凄凄惨惨戚戚”。总之，想高兴事，屏蔽不开心的事，就不会整天感到累了。你想想，轻松愉快是一天，沮丧哀怨也是一天，干吗不好好待自己呢？民国大才女张允和总结了“幸福三诀”：“第一是不要拿自己的错误惩罚自己，第二是不要拿自己的错误惩罚别人，第三是不要拿别人的错误惩罚自己。”这不是阿Q的精神胜利法，也不是鸵鸟的埋头战术，而是一种达观的生活态度。

B日子，就是柴米油盐的平淡；忙碌，就是早出晚归的奔波；心情，就是悲欢离合的苦乐。用心数一数，人生不过三万天，尤其到了知天命的年龄，不必再迎合什么，再顾忌太多，喜欢的就陪伴，讨厌的就远离，开心的就多看，伤心的就不见。掐指算一算，时间跑得比兔子还快，没有多少时间，让我们去浪费，让我们去感叹，让我们去犹豫，让我们去抱怨。抓紧做自己喜欢的事，爱自己喜欢的人吧！

从今天起，给自己的幸福画一条底线，想得美一点，看得淡一点，踩得实一点，学会从最平常的日子、最琐碎的事情里品尝幸福的滋味。心态好，路自宽。珍惜最真的情感，感受最近的幸福，享受最美的心情。有首诗写得好：“春有百花秋有月，夏有凉风冬有雪。若无闲事挂心头，便是人间好时节。”

1. 文章开头部分写朋友和史铁生的对话有何用意？

2. 画横线的A句，运用了哪种表达方式？有何作用？

3. 找出C段的中心句，并说说作者围绕观点做了哪些丰富的联想。

4. 阅读画横线的B句，它运用了什么修辞？流露出一种什么心境？

5. 仔细阅读结尾段，找出最能体现作者的“幸福底线”的句子。（用原句回答）

参考答案：

1．一位朋友总是抱怨生活太累，读了史铁生的字条豁然开朗，认识到自己的幸运和富有。意在告诫读者要珍惜自己的“幸福底线”，珍惜眼前所拥有的一切。

2．议论。从史铁生作品中所写的经历引发感慨，赞赏他对“幸福底线”的认识。

3．第一句是中心句。作者围绕这个观点，以楚霸王、关公等古代名人为例做了丰富的联想，告诫人们无论遭遇何事都要往好处想。又以民国大才女张允和总结的“幸福三诀”，引出达观的生活态度。

4．排比。流露出一种淡泊、坦然的心境。

5．学会从最平常的日子、最琐碎的事情里品尝幸福的滋味。（或：珍惜最真的情感，感受最近的幸福，享受最美的心情。）

这世界，没有一个人可以独自成功

有一幅名为《手》的油画，是十五世纪德国著名画家阿尔布雷特·丢勒的作品。那细长的手指，用力地伸向天空，仿佛要去摘下那曾经有过的美好梦想……

乍一看，这幅画并没有什么奇特之处，但当我了解了这幅画背后的故事时，被深深地打动了……

1471 年，丢勒出生在纽伦堡附近的一个小村子里。丢勒家里有十八个孩子，父亲是一个银器打造匠人，为了糊口，每天都要在小作坊里劳作十几个小时，有时也出去给邻居们打打零工。

尽管家境窘迫，生活贫困，可是丢勒从小就有一个当艺术家的梦想。他的一个兄长艾伯特，也怀有同样的梦想。兄弟俩都很明白，家里根本出不起学费，也不可能把他们中的任何一个，送到纽伦堡正规的艺术学院去学习。

为了上学，兄弟俩偷偷达成一个“协议”，用掷硬币的方式来决出输赢。谁输了，就到附近的矿区当矿工，用收入供给赢了的兄弟到纽伦堡去学习绘画；学习绘画的兄弟，以后要用卖作品的收入，反过来支持做矿工的兄弟再去上学。当然，如果作品卖不出去，也必须去矿区打工挣钱。

这是一个近乎残酷的选择方式，兄弟俩郑重地掷出了硬币。结果，丢勒赢了。他离开家到纽伦堡去学习艺术，而艾伯特去了矿区挣钱。

在艺术学院里，丢勒十分用功，比别的学生付出了更多的努力，很快，他就引起了人们的关注。他在铜版画、木刻、肖像画、钢笔和铜笔素描、水彩画、木炭画等等门类里，都取得了骄人的进步。

四年的时间一晃就过去了，丢勒临近毕业的时候，他的绘画作品已经可以卖到不错的价钱。

毕业后丢勒立刻回到了家乡。全家人聚餐，祝贺他的毕业。丢勒端起酒杯，起身向他亲爱的兄长艾伯特敬酒。

他眼睛里噙着泪水说：“现在，艾伯特，到了该倒过来的时候了，你去纽伦堡实现你的梦想，而我，应该开始支持你了。”全家人都把期盼的目光转向艾伯特。

这时候，大颗大颗的泪水顺着艾伯特苍白的脸颊流下。他摇着头，哽咽着说：“不……不……好兄弟，我不能去纽伦堡了……

几年来的矿工生活，让我的手变形了，几乎每根手指都遭到过骨折，而且右手还患上了严重的关节炎，我甚至连酒杯都握不住，更不要说握着画笔在羊皮纸和画布上画线条了。不，亲爱的兄弟，对我来说，已经太迟了……”

许多年后，为了报答艾伯特所做的牺牲，丢勒饱蘸着自己的眼泪和心血，深情地画下了兄长那双历尽艰辛和磨难，几乎已经变形的手……

丢勒的故事告诉我们：这世界上，没有人，永远不会有人，能独自取得成功！

今天这个时代，互联网所具有的关联性，从根本上强化了人与人之间的协作。一人独打天下已成为过去，越来越多的工作，需要依靠团队力量、协作机制去完成。团队精神、协作意识、良好的沟通，比任何时候都显得重要。

团队如此，对个人来说，更是如此。一个人活在世上，不是一个孤立的个体，他消耗着很多的社会资源，牵扯着很多亲人、朋友的情感，他始终处在一个社会关系的“互联网”中，用情感连接着四面八方。

我们和周围的人，都是相互依存的。相对于无限广阔的宇宙，个人的生命和感受非常有限，有一种让我们的世界变得更宽广、更有价值的重要方式就是相互依存，相互分享。这也是生命的一种相濡以沫，互惠共赢，愉悦别人，快乐自己。

“吉拉德法则”告诉我们：一个人一生平均要和二百五十个人发生这样那样的联系，一个人事业上的成功，生活上的顺利，也需要来自大约二百五十个人的帮助。

A 你站得高，那是因为许多人替你扶过梯子；你走得远，那是因为许多人当了铺路石；你干得顺，那是因为许多人在默默做绿叶。

即使一个人强大到了可以随心所欲地做自己，他也不可能闭关索居地生活。因此，要认真地对待身边的每一个人，多做一些成人之美的事，少做一些为烈火烹油的事。

B 一朵花儿，把自身的芬芳播撒开来，这是一个生命大度的体现。就因为这份播撒，周围的一块土地、一股清泉、一片树林，也轻笼着芬芳，因这芬芳，土地、清泉、树林感受到了花的存在，体会到了花的襟怀，产生了对花的感恩、敬重。

这个世界上，没有一个人可以独自成功。做一朵播撒芬芳的花儿吧，把我们的快乐，把我们的幸福，把我们的温暖，把我们的爱，与人分享。你会发现，你因此会赢得朋友，赢得真心，赢得成功！

1. 用简洁的语言概括本文的行文思路。

2. 阅读画横线的 A 句，它运用了什么论证方法？有何作用？

3. 阅读画横线的 B 段，作者以一朵花为喻，意在告诉人们一个什么道理？

4. 文章结尾段画波浪线的句子在结构上有何作用？

5. 结合自身生活实际，说说“吉拉德法则”给你带来哪些启示。

参考答案：

1. 由德国画家丢勒的油画作品《手》，引出油画背后感人的故事，引出“这世界上，没有人，永远不会有人，能独自取得成功”的中心论点。作者由此联想到互联网的关联性、团队精神和“吉拉德法则”。最后以花为喻，重申观点，号召人们学做一朵播撒芬芳的花，进而赢得成功。

2. 比喻论证。生动形象地写出一个人事业上的成功，一定是得到了众多人的帮助。强调了团队精神和互惠共赢的重要性。

3. 意在告诉我们，要学会把我们的快乐、幸福、温暖和爱与人分享，如此才能受到感恩和敬重，才能达到共赢。

4. 再次点题，重申作者的观点：“这个世界上，没有一个人可以独自成功。”

5. 围绕“学习和生活中团队合作精神”来谈即可（结合自身实际）。

人要趋光而行

①俗世万物，人间烟火。

②有人的地方，就会有各式各样的追求。有追求灵魂皈依的，有追求精神高贵的，有追求吉祥平安的，有追求健康长寿的，有追求升官发财的，有追求香车美女的，有追求虚荣名利的……

③价值观不一样，人与人的追求就不一样。

④大千世界，人生百态。每个人都有自己喜欢或不喜欢的权力；每个人也有自己想追求或不想追求的偏好。萝卜白菜，各有所爱。

⑤但有一点是共识，那就是：人要趋光而行。

一个人，在一间没有窗户的黑屋子里，时间长了，是没有时间感、没有方向感的。当一盏灯亮起，一扇窗户打开，人便有了时间概念，有了方向感。那盏灯、那扇窗，就是光明。不管你富贵还是贫穷，位高还是位低，只要你是个正常人，就一定会喜欢待在有光的地方，而不喜欢把自己困在黑屋子里。

看了一本闲书《乘公交车的猫》，讲的是在英国德文郡的普利茅斯，一只叫卡斯珀的猫，每天乘坐当地的三路公共汽车绕城一周，行程达到十一英里。当许多人被犯罪、抢劫和失业问题搞得精神疲惫，情绪低落时，卡斯珀为无数上班的乘客带来了快乐，驱逐了人们内心的阴霾。司机们同卡斯珀建立了十分友好的关系，车场内还贴出了告示，让大家关注来到他们车上的这位非常特殊的“乘客”。

这件事经当地媒体报道后，在全英国引起热议，卡斯珀也成了这家公交公司的吉祥物。

2010年初，卡斯珀的生命不幸被一辆出租车夺走了，同情和悼念的信件像雪片般从世界各地飞来。很显然，卡斯珀的故事已经打动了全世界无数人的心。

不言而喻，人类的共性，就是向往美好和善良，向往光明和自由。

卡夫卡的作品《地洞笔记》中，那只一心修造地洞的生物，眼中只有黑暗，没有光明。在它的世界里，没有神圣，没有纯洁，没有真理，只有野蛮，只有疯狂，只有偏执，所以它总是惶惶不可终日，找不到出路，结果只能越来越阴郁、苦闷、冷淡。

很久以前读过一篇散文，讲的是作家汪曾祺夫妇“文革”落难，被遣送回乡“劳改”的事。夫妇俩在院子的南墙根种了一些豌豆。待那豌豆开出洁白的花来，汪老很是欣喜，随便找出一张什么纸，心无旁骛地画起了豌豆花。

汪老没有半点落难的恓惶，这种大丈夫般的气定神闲，不仅仅是因为他眼中有豌豆花，更是因为他心中有光、有大胸怀。

一位新闻界前辈说得好：“人呐，还是要趋光而行。”

是啊，高原的积雪，既有无边无际纯净心灵般的洁白，也有山坳背阴处被风沙遮盖过的脏雪。对脏雪视而不见不现实，但盯着脏雪，甚至夸大其词、以偏概全也不可取。

这么大一个社会，这么多各色想法的人，怎么可能都一样呢？所有的不足、缺点、问题，都需要改良、改进、改革。说一千道一万，两横一竖最关键，就是一个“干”字。每个人都身体力行地干一点点利于社会和谐、利于团结友善的事，星星之火也可以燎原。如果以“打嘴仗”为习惯，以骂祖先、骂圣贤、骂自己、骂他人的方式去发泄、去指责、去诋毁，那就失去了自信，失去了团结，失去了力量，也失去了尊严。

现实是沉重的，但永远压不倒心中的花朵。

不管一个人有多恨天恨地恨世界，当耐着性子，用友善、用谦逊、用宽容、用冷静来面对这个不完美的社会时，就会发现：茂林多枯枝，丰草多落英！这不仅仅是自然规律，也是生活规律。

总有些梦无枝可栖，总有些风不合时宜，正因为如此，才更需要趋光而行。

思想的原野，有了光明的占领，就不会杂草丛生；

心灵的空间，有了阳光的播撒，就不会滋生霉菌。

如今，时代变了，社会变了，人心也变了。什么都可以变，但有些东西需要死死坚守和相信：

光明终能驱散黑暗，美好终能战胜丑恶；

人与人之间相互支撑的温暖温情不能变；

趋光而行，向上、向善、向美的追求不能变！

1．阅读前五段，说说作者的观点是怎样提出来的？

2．联系画横线的几句话，说说标题的作用。

3．作者为了阐明自己的观点，又举了哪几个事例？说说它们的共同点是什么。

4．联系全文理解“人要趋光而行”中的“光”指什么。

5．如何理解文中“思想的原野，有了光明的占领，就不会杂草丛生；心灵的空间，有了阳光的播撒，就不会滋生霉菌”的含义。

参考答案：

1．首先列举了大千世界人们各种不同的追求，指出这是由价值观所决定的。在此基础上提出作者的观点：人要趋光而行。

2．标题是作者的观点，是文章的中心，也是贯穿行文的线索。

3．列举了闲书《乘公交车的猫》的故事、卡夫卡的作品《地洞笔记》、汪曾祺“文革”落难时的气定神闲等。这些事例共同印证了一个道理，那就是“人要趋光而行”。

4．“光”用来代指人世间的美好和善良、光明和自由。

5．这些话用了对偶和拟人修辞。意思是说：只要思想里有了光明，心灵里有了阳光，世界就会多了温暖和善良，多了光明和自由。

在吃亏吃苦中成长起来的人，一辈子都会坚强

① 清代书画家郑板桥写的“难得糊涂”，曾广为流传。其实，他还写过一个“吃亏是福”的字幅，也很著名。

② 郑板桥做官时，遇到灾荒年，为灾民赈济一事，与自己的上司意见不合，最后被罢了官。郑板桥并没有为官场失意郁闷不乐，而是骑着毛驴悠然回到故乡，从此专注于诗、书、画，被誉为“扬州八怪”之一。他的诗、书、画艺术精湛，号称三绝。这一切都源自他豁达开朗，舍得吃亏。

③ 生活中，一个能够吃亏的人，往往有着更大气的胸怀。他们不沉陷在与人的是非争斗、斤斤计较中，也不局限在狭隘的自我思维中。A吃亏不仅是一种坦荡的人生智慧，更是一种自若的做人方式。

④ 春秋时期，人称“陶朱公”的范蠡，学识渊博，足智多谋。他帮助越王打败吴王，成就霸业后，被越王勾践封为上将军。可范蠡知道勾践为人可共患难而不能共富贵，为避免兔死狗烹的下场，他毅然放弃自己创下的丰功伟业，辞书一封，乘一叶扁舟趁着夜色而去。

⑤ 范蠡安然于吃亏是福，“摘我园中蔬，寒夜列被眠”，坦然世事沧桑，安享晚年。

⑥ 被一路贬到海南去摘椰子的苏东坡，空有一身好武功却不得不去种树的辛弃疾，他们都怀有一腔报国志，却壮志难酬，只能寄情于诗词曲赋，发发英雄牢骚，出出豪壮怨气。“无心插

柳柳成荫”，反倒成就了他们一代词宗的地位。

⑦ 常言说：“祸兮福之所倚，福兮祸之所伏”，“人有悲欢离合，月有阴晴圆缺”。有时候，看似在一些事情上吃了亏，其实，也实现了某种永恒。

⑧ 失去了轰轰烈烈的生活，便享有了平平淡淡的幸福；放弃了急流险滩，便拥有了温馨的港湾。老天爷在关闭一扇门时，会为你打开一扇窗。当你觉得自己一无所有的时候，其实，你是在收获福气。

⑨ 在吃亏吃苦中成长起来的人，一辈子都是坚强的。

⑩ 吃一次亏，对生活的理解会加深一层；吃一次亏，对人生的理解会再上一阶；吃一次亏，对世间的认识会成熟一档；吃一次亏，对成功的内涵会彻悟一番；吃一次亏，会带来一次刻骨铭心的记忆和收获。

⑪ 金多银多不如见识多，天大地大不如心胸大，车宽屋宽不如视野宽。有一颗吃亏是福的心，就会善于自我释怀，心就不会有栅栏，就不会记恨别人。因为记恨最大的坏处，是拿别人的错误惩罚自己，把人格弄得越来越扭曲。多数人不敢在明处复仇，于是暗地里攻击，不知不觉间，把自己也变成了一个小人。

⑫ 石头能把人绊倒，舌头也能把人掀翻。不管这世上有多少填不平的沟坎，有多少拴不住的舌头，有了吃亏是福的定力，自会修炼博大胸襟，倾听大地箫声，淡看褒贬荣辱，追求自我圣境！

⑬ 活不好容易让人瞧不起，活得好容易遭人妒忌。吃点亏受点委屈，是成长发展的成本，也是保护自己的良方。如果总把自己当珍珠，难免有被埋没的痛苦，还是把自己当泥土的好，厚

重踏实。

⑭ 把吃亏当福，是一种心态、一种素养、一种境界。吃亏是淡泊名利时的超然，是曾经沧海后的井然，是狂风暴雨中的坦然。吃亏绝不是没有原则，而是能以睿智的目光洞察世事，始终明白“尺有所短，寸有所长”。

⑮ 把吃亏当福的人，最终都不会吃大亏。渐渐地，人脉会越来越广，知己会越来越多，肚量会越来越大，处境会越来越顺，生活会越来越好，身心会越来越净。

⑯ B 没有狼的存在，兔子不会跑得那么快。要感谢那些让我们吃亏的人，是他们让我们加快成长。

1．请找出文章的中心论点。

2．结合文章内容，说说中心论点是怎样提出来的？

3．阅读第十一段，它运用了什么论证方法？有何作用？

4．阅读第十四段画横线的句子，说说为何不能删去，这句话有何作用。

5．阅读结尾段画横线的 B 句，它运用了什么论证方法？有何作用？

参考答案：

1．标题就是中心论点。（或者第九段）

2．首先由郑板桥的字画“吃亏是福”和他舍得吃亏的经历，自然联想到生活中肯吃亏的人的共性，提出“吃亏不仅是一种坦荡的人生智慧，更是一种自若的做人方式”的分论点。接着，列举了范蠡和苏东坡肯吃亏的事例，并引用俗语结合现实进行阐述，最后在第九段提出文章的中心论点。

3. 对比论证。把“吃亏是福的人”和“记恨别人的人”的行为后果进行对比，突出强调了肯吃亏和心胸宽广的重要性，进而证明了文章的中心论点。

4. 补充论证。“吃亏绝不是没有原则……”是从另一个角度补充了作者的观点，以免产生误解，进而使文章的结构更严谨，论述更严密。

5. 比喻论证。用狼和兔子的生存法则比喻那些让我们吃亏的人和我们之间的关系，证明了“把吃亏当福的人，最终都不会吃大亏”的分论点，进而证明文章的中心论点。

信念不死，生命年轻

有这样两个故事。

罗杰·罗尔斯是美国纽约第五十三任州长，也是纽约历史上第一位黑人州长。他出生在纽约的大沙头贫民窟，那儿的孩子从小耳濡目染打架、逃学、偷窃等不良习惯，长大后很少有人获得比较体面的工作，而罗尔斯是个例外，他不仅考入大学，而且成了州长。

在他就职时的招待会上，一位记者向他提出了一个问题：是什么把你推向州长的位置的？面对众多记者，罗尔斯对自己的奋斗史只字未提，他只说了一个陌生的名字——皮尔·保罗。后来人们才知道，保罗是他小学时的校长。

1961年，保罗被聘为诺必塔小学校长。当时正值美国嬉皮士流行的时代，他来到大沙头诺必塔小学的时候，发现这里的孩子比“迷惘的一代”还要无所事事。他们旷课、斗殴，甚至砸烂教室的黑板。保罗想了很多办法来引导他们，可见效不大。后来他发现这些孩子都很迷信，于是，在他上课的时候就多了一项内容——给学生们看手相。

当罗尔斯从窗台上跳下，伸着小手走向讲台时，保罗说，我一看你修长的小拇指就知道，将来你是纽约的州长。当时，罗尔斯大吃一惊，因为长这么大，只有奶奶让他振奋过一次，说他可以成为五吨重的小船的船长。这一次，保罗先生竟说他可以成为纽约州的州长，太出乎他的意料了。他记住了这句话，并且相信了他。

从那天起，纽约州州长就像一面旗帜，他的衣服不再沾满泥土，他说话时也不再夹杂污言秽语，他开始挺直腰杆走路。之后，他成了班主席，在以后的四十多年中，他没有一天不按州长的身份要求自己。五十一岁那年，他真的成了州长！

一支科考队进入塔克拉玛干沙漠，在茫茫沙漠里艰难跋涉。烈日下，队员们个个口渴难耐、身心疲惫。水喝完了，可还有很长一段路才能走出沙漠，缺水威胁着他们的生命。此刻，科考队队长拿出一只水壶，说：“这里只有一壶水了，但在没有看到绿洲之前，谁也不能喝。”这一壶水，成了他们穿越沙漠的信念之源，成了求生的希望所在。水壶在队员手中传递着，在这壶水的支撑下，科考队员们终于顽强地走出了沙漠，挣脱了死神之手。队员们喜极而泣，用颤抖的手小心地拧开壶盖，谁也没有想到的是，里面缓缓流出来的，却是沙子……

信念的力量是惊人的，它可以令人克服万难。从古至今，很多人很多事，因为有顽强的信念，在困厄的境地才有了惊人之举！

罗尔斯在就职演讲中说：信念值多少钱？信念是不值钱的，它有时甚至是一个善意的欺骗，然而你一旦坚持下去，它就会迅速升值。

就像在塔克拉玛干沙漠艰难跋涉的科考队员们一样，真正让他们走出沙漠的，不是因为还有那么一壶“水”可喝，而是因为“还有一壶水”的信念在支撑着他们。

有时候，人所处的绝境往往不是生存的绝境，而是一种信念的绝境，只要你坚守信念，就一定会绝处逢生！

在这个世界上，任何人都可以免费获得信念，而那些最终达成自己心中目标的人，都是始终坚持自己信念的人！

1．请用简洁的语言概括出本文的中心论点。

2．文中讲了两个怎样的故事？它们是如何证明本文的中心论点的？

3．读文中画横线的段落，说说它有何作用。

4．文中引用罗尔斯就职演讲的话，运用了什么论证方法？有何作用？

5．说一说文中最打动你的地方，结合生活实际，谈谈你的看法。

参考答案：

1．坚守信念是达成心中目标的唯一途径。（或：坚守信念，方可绝处逢生。）

2. 罗尔斯坚守了自己能当纽约州州长的信念，科考队的队员坚守还有一壶水的信念，最终一个取得了成功，一个走出了困境。从而证明“信念的力量是惊人的，它可以令人克服万难”的分论点，进而证明文章的中心论点。

3. 承上启下的过渡段。第一句是对上文两个例子的总结，第二句引出下文的道理论述。

4. 道理论证。引用他的话，有力地证明了坚守信念的重要性。

5. 围绕坚守信念和生活实际两方面来谈即可。

明媚着，便是快乐

① 关于向日葵，有一个凄美的故事。

② 仙女克丽泰在树林里遇见了正在狩猎的太阳神阿波罗，她被这位俊美的神所吸引，疯狂地爱上了他。可是，阿波罗却对她不来电，克丽泰陷入了单相思，每天注视着天空，看着阿波罗驾着金碧辉煌的日车划过天空。她目不转睛地注视着阿波罗的行程，直到他下山。一天又一天，一年又一年，她就这样望着，望着……

③ 后来，宙斯怜悯她，把她变成一朵金黄色的向日葵。她的脸变成了花盘，永远向着太阳，每日追随他——阿波罗，向他诉说她永远不变的恋情和爱慕。

④ 我特别喜欢向日葵，倒不是因为这个感人的故事，而是因为向日葵总给人一种积极、向上、迎着太阳绽放的情怀。

⑤ 如果有一千种风情，我愿构思她的丰腴；如果有一万种想象，我愿描绘她的飘逸。

⑥ 记得小时候在新疆和田，爸爸所在的部队医院，没有楼房，大家都住平房，几乎家家门前都会种向日葵。到了六月底七月初时，仿佛它们会接到上苍的统一号令，在一夜之间全部爆发性地绽开了笑脸。向日葵没有华美的衣饰和妖冶的装扮，而是以淡淡的浅黄，慢慢过渡到浓浓的金黄，舒眉展眼，以幽幽的芬芳，吸引着五彩缤纷的蝴蝶翩翩鼓翼，把她当成忘情的天国。

⑦ 我的小学同班同学张炎记忆力特别好。有次我们在微信上聊到新疆的向日葵，他说："我记得写葵花的作文，你小学就写过，比喻葵花是我们红小兵，太阳就是毛主席，葵花始终跟着太阳，红小兵跟着毛主席。"

⑧ 的确，向日葵一直是我的最爱。上中学后，有一次学校举行作文比赛，我写了一篇《我家门前的向日葵》，没想到居然还得了奖，奖品是一个精美的笔记本。那也是我中学时第一次在全校比赛中获奖。这个奖造成的后果是，我严重偏科，数理化基本在及格线上徘徊，只喜欢读各种各样的书，凡是家里能搜罗到的书全看了。有一次，把妈妈给的买菜钱直接挪用来买书，为此，还挨了顿揍。我最喜欢上两周一次的作文课，因为，作文课上赵老师会在全班同学面前念我的作文。

⑨ 我那篇获奖作文的大意是夸奖向日葵，没有浓荫蔽日、枝叶蔓披的欲望，为的是让夏日的其他谷粟更多地承接甘霖和阳光。向日葵的根不像其他树木那样霸气扩张地盘，而是极力往深处扎，为的是让其他作物更多地吸吮土中的养分。这种叶不争春、花不争艳、根不争地、冠不争天的侠骨柔肠令人感动。赵老

师在“叶不争春、花不争艳、根不争地、冠不争天”这四句话下面打了粗粗的红线。我估计，大概是这四句话打动了赵老师，所以，赵老师推荐我的作文参加学校组织的作文比赛。后来，还替我把这篇作文投给了《和田报》，作文变成了铅字，那叫一个美。

⑩ 2006年，女儿中考结束，为了让怀在新疆、生在兰州、长在北京的女儿了解父母曾经戍边工作过的地方，我们专门带女儿回了趟新疆。在从阿勒泰前往布尔津的路上，意外惊喜地遇到了千亩向日葵。我当时的感觉就是，美丽的新疆，就像一个富贵而大气的王后，又帅气得让人眼热心跳。那密密匝匝、攒攒挤挤的向日葵，汇成了无涯的和谐。每走一步，就如掉进自然的画框，太阳光在向日葵上肆意地跳跃，我的眼睛，还没有做好接受视觉盛宴的准备，目光竟有些忙乱得不知所措。在连吸口气都感到清香的向日葵田地里，我的身躯、生命和心灵，都成了这花儿的“俘虏”，就像洗了一次“向日葵浴”似的百脉俱开。

⑪ 噢！我风流妖娆的向日葵！我勇敢坚强的向日葵！空旷的原野，因你的生命而丰富；沉滞的步履，因你的微笑而轻盈。你是痛苦奋争后那一抹灿烂的笑容，你是饱经风霜的成熟女人的所有浪漫。你金华灼灼，绿叶婆娑，枝干绰约，临风弄影，默默灿烂着一片土地，点缀着一方天空。你淡然静默，朴实无华，自然纯净，从容自适，温暖着我的视野，激扬着我的心灵。你不择地势，不惧风雨，甘于谦卑，不求不争，用尽所能地回报着赖以生息繁衍的土地，温暖着混浊黯淡的尘世。晴空夏阳，山高水长，赤橙黄绿青蓝紫各领风骚，我独爱你，我的向日葵！

⑫ 世界上的一切事物，常是弱小里含纳着博大，孱弱里蕴藏着刚强。其实，我们每一个人，不就是行走的向日葵么？盛开

是对信念无尽的仰望，向着太阳生长，才能享受阳光的滋养。

⑬ 凡尘俗世，岁月沧桑。也许生活与期盼很多时候不对等，你所渴望的，成了海市蜃楼；你所向往的，成了一帘幽梦。于是，失望让我们选择关闭心门，痛苦让我们把曾经的灿烂锁进心底。

⑭ 静下心来细细体会，其实，人生不如意才是常态。谁都会老去，无论你长了一张什么样的脸，所有的人都会化作尘埃，没有什么不可宽恕，没有什么不能放下。重要的是，保持一颗高高在上向着太阳的心，一张向着阳光的笑脸，哪怕别人给我们的是寒霜，哪怕世界给我们的是风雪，我们也要用明媚的微笑，清澈的眼睛，自由的脚步，诗意的遐想和梦中的歌声，在不完美甚至寒碜的现实中，创造生活，寻找温暖。

⑮ 每一个人因年龄、性情、阅历和生存境遇不同，对向日葵的感受喜好也大异其趣。知天命之年的我，始终对“叶不争春、花不争艳、根不争地、冠不争天”的向日葵情有独钟。无论怎样，坚守一份真善美不过时，忠于自己的良心不过时。为人存厚，人生自在！

⑯ 当我们忘却曾有过的种种虚荣和矫饰，忘却生活旋涡中曾有过的有幸和不幸，忘却社会舞台上曾有过的荣辱和得失，像向日葵那样天然淡定，那样澈不染尘，与贪婪、纷争、利禄、世俗保持一定距离时，生活一定会如向日葵一样，明媚、执着、快乐、温暖。

⑰ 我喜欢向日葵！

1. 文章开头给我们讲了关于向日葵的凄美感人的故事，

目的是什么？

2．作者喜欢向日葵的原因是什么？

3．文章围绕向日葵先后回忆了哪些事，请用简洁的语言概括出来。

4．阅读文章中画横线的五个句子，说说本文的抒情线索是什么。

5．阅读第十一段中画横线的两句话，说说如何理解这两句话的含义。

参考答案：

1．目的是引出描写抒情的对象“向日葵”。

2．向日葵总给人一种积极、向上、迎着太阳绽放的情怀。

3．新疆和田家门前向日葵的美；回忆获奖作文《我家门前的向日葵》相关的故事；带女儿回新疆遇见千亩向日葵；联系现实对向日葵的感悟。

4．抒情线索是：我对向日葵独特而又强烈的爱。

5．第一句，作者用拟人的手法，写向日葵的风流妖娆和勇敢坚强，具有人的品质和精神；第二句，一个“独”字，表达作者对向日葵的情有独钟。两个句子都表达出作者对向日葵执着痴迷的喜爱和赞美之情。

阅美文

那个飘着雪花的生日

王静 著

王静

西苑出版社

图书在版编目（CIP）数据

那个飘着雪花的生日 / 王静著 . —北京：西苑出版社，2018.11

ISBN 978-7-5151-0675-5

Ⅰ. ①那… Ⅱ. ①王… Ⅲ. ①散文集－中国－当代 Ⅳ. ① I267

中国版本图书馆 CIP 数据核字（2018）第 256122 号

那个飘着雪花的生日

NAGE PIAOZHE XUEHUA DE SHENGRI

出 品 人　赵　晖
责任编辑　陶永学　辛小雪
特约策划　凌　翔
责任印刷　陈爱华　严令升
责任校对　刘娟娟
封面设计　戴　敏
出版发行　西苑出版社 XIYUAN PUBLISHING HOUSE
通讯地址　北京市朝阳区和平街 11 区 37 号楼　邮政编码：100013
电　　话　010-88636419　传真：010-84281520
　　　　　E-mail：xiyuanpub@163.com
印　　刷　三河市金元印装有限公司
经　　销　全国新华书店
开　　本　710 × 1000 毫米　1/16
字　　数　160 千字
印　　张　13
版　　次　2019 年 1 月第 1 版
印　　次　2019 年 1 月第 1 次印刷
书　　号　ISBN 978-7-5151-0675-5
定　　价　49.80 元

前　言

做一个有书香味的女兵

我一直认为，书是有味道的。

每本书，都有特殊的气味，不同的感觉，阅读时也就有了不同的心境。布满星光的夜晚，书在眼前，会有一种暗香飘来。暗香幽幽，带给读书人宏阔博大的气质，一种有序的神秘，一片广袤无垠的深邃。

唐诗的村庄，宋词的小城，桃花源的意境，与喧闹的城市平分着秋色。于是，那些个人的感悟、心思、看法，便活蹦乱跳于笔下。我不敢奢望这些文字有什么价值，但它们是自己煎、炸、烹、炒、焖、蒸出来的。我常戏称自己是闲杂人员：读的书杂，写的文杂，吃的零食杂。工作很重要，但工作不应成为我们生活的全部，业余时间，有一样自己可以全情投入的爱好，会让我们的生活更有色彩，而我的爱好就是码字。

书山叠影，书海无涯。煦养在书香中，丰厚的不仅是胸怀，还有笔下的丰稔与秋实。

心中无碍，笔下才能流畅；

心中无尘，笔下才能飘逸；

心中无虚，笔下才能真实。

十八岁参军入伍，弹指一挥间，已是三十七载军旅生涯。绿色军营有纪律、有规范，也有朝气和希望。生活教会我将热血融入其中，将生命最大限度地张扬，绝不因自己是一个女人就懈怠，就依赖，就闲适。我勤奋工作，敬业乐业。业余时间，则喜爱徜徉在文字的通道里，笔下有雪域放歌、有大漠情思、有纪实叙事、有感情再现、有灵感告白。尽管每一篇都难以尽善尽美，却都有我的真情与真诚。我将它们献给“书香女兵”的读者、我的亲人、我的朋友、我的记忆。我用心观察世象，用心体会冷暖人情……在这个天地里，永远有一片绿荫，有一双温暖的手，承接、抚慰着我的灵魂；永远有一双眼睛，有一颗与我律动一样的心，倾听、融化着我的诉说。人的一生中，可以没有很大名望，也可以没有很多钱财，但不可以没有精神的寄托。我写作不期望成为作家、名人，更不是为了生存，而是希冀将灵魂置于一个较高的境界，给生活赋予意义，让生命焕发光彩。

对书香的迷恋，不仅仅让我找到了生命的节拍、内心的自由与灵魂的解放，更重要的是，它让我获得了一种属于自己的独特的生存状态。

书香使我的生命、内心和灵魂充盈着内在的丰富、宁静和满足。我在书香中精神舞蹈，心灵放牧，无论是“裁衣添夏露”的日子，还是“剪叶补秋衣”的时光，它都是我灵魂的皈依……

吾生有涯，书香无涯！

文字流过笔尖，思想永驻心田。“书香女兵”愿与有缘人捡拾美好，发现温暖。在这个家园里没有篱笆，没有指手画脚的权威，没有拒人千里的冷漠，你的痛苦你的困惑，你的欣慰你的焦虑，你的思考你的吐槽，都可以畅所欲言。

物质的天空下，“书香女兵”永远拥有一颗纯净的心……

不端不装，有趣有梦！

岁月悠悠，岁月难忘。军旅生涯中的一方绿地、一片松林、一抹朝霞、一群亲友、一段往事，以及万端说不清、道不明的眷恋，都延伸于笔下，寄存在心底，成为永恒的精神享受。无论“书香女兵”的读者怎么看，这些文字是我所感悟、所经历、所感受到的文化和人生，我将它记录下来，在这个喧嚣熙攘、多元文化和价值标准同在的时代，它给我的心灵驻留了一份宁静，让这一方世界永不蒙尘，永栖情意，即使世风鼓噪而来，我依然安详若水，任它为谁而鸣！

要特别感谢夫君艳勋投入的热情，精心校对修改文稿，鼓励支持包容理解，以及好友凌翔、玉秀、刘帆为本书做出的努力。谢谢你们的爱！

王　静

2018 年 7 月于北京

目　录

第一辑　似水流年

第二辑　海天片羽

第三辑　昨夜星辰

第一辑　似水流年

时光如白驹过隙，快得连我们的感叹都无法追上她的脚步；然而，时光又很慷慨，在广袤的空间留下片片美好的记忆。

无论时代如何变迁，对人性的尊重与理解，对理想的坚持与赞美，对奉献的肯定与讴歌，对公平的期待与呼唤，对未来的向往与憧憬，都注定是我们这个社会的主旋律！

祝福我的大和田

不去新疆，不知道祖国之大；

不去南疆，不知道新疆之大；

去了南疆，错过了和田，你的人生将留下一片遗憾……

那是一个风轻云淡的日子。

距离汉帝国首都长安西北百公里外的甘泉宫里，气氛不同寻常。

一个使团即将出征。

朝廷侍从官张骞，郑重地从汉武帝刘彻手中，接过了象征授权的符节。

他将率领使团，踏上出使西域的行程。

这一去，就是十三年的蹉跎岁月；

这一去，就是十三年的望穿秋水。

从一个英姿勃发的青年，变成了年近不惑、饱经风霜的中年汉子。

张骞凭着顽强的信念，最终翻越帕米尔高原，沿着昆仑山北麓，经莎车、于阗——也就是现在的和田，迂回北上回到了长安。

和田，古丝绸之道上一颗璀璨的明珠，因为张骞的出使，在两千多年前，就已经注定，将被载入史册……

1968年，母亲带着我和弟弟，随军到了和田的解放军153野战医院。直到1981年我高中毕业参军入伍离开，如花的年龄，就是在古丝绸之路上的这个小城——和田度过的。

那时的和田，街道上最宏伟的建筑，是十字路口的二层百货商场和附近的工人文化宫。

说是百货商场，其实很简单，印象中里面就是一些日用品，摆的最多的是各式各样的地毯。

父亲给我讲过关于和田地毯的故事。

有个叫那克西万的穷苦农民，他用棉纱做线，用毛纱结扣栽绒，用核桃皮、石榴花、红柳花、沙枣皮、苹果叶和锈铁皮等，拌和发酵后给地毯染色，创造了一套染织地毯的绝活。他染织的地毯，色泽艳丽，几十年不变色不褪色。他的织毯手艺，也从和田一带传到莎车、喀什和民丰等地，被人们称为“地毯之父”。

这个故事史书上无记载，但在和田民间流传很广。年老一些的维吾尔族织毯艺人，只要提起那克西万，语气中一定充满敬意。

那时，不谙外面世界的我，眼中的和田城，就如同那克西万的地毯一样漂亮、艳丽。

我的许多同学，高中毕业后，进入和田地毯厂或者丝绸厂工作。当时，那是很令人羡慕的一份职业。

父亲所在的153野战医院，在和田很有影响力。医院主要为守卫喀喇昆仑山的边防部队官兵服务。很多时候，也为和田地区的少数民族群众看病治疗。在很大程度上，起到了增强民族团结的重要作用。

父亲曾给我讲过他的一个亲身经历。

一次，他和两位战友去巡诊，车行至皮山附近时，突然抛锚修不好了。因为临近天黑，四周空落，寒风凛冽，入夜的戈壁滩气温骤降，又冷又饿的他们，只能在车里干熬到天亮。

“哎，阿达西（朋友），车子不走吗？”

“不走了！”

他们以为是个搭车的维吾尔族老乡，没多理会。

“哎，这个样子嘛，不行！”

维吾尔族老乡似乎没有走的意思，干脆拉开了车门。

刺骨的寒风吹进本就不暖和的车里，驱走了仅有的热气。驾驶员火了，“砰”的一声使劲带上了车门。

维吾尔族老乡迟疑地倒退了一步。过了一会儿，又边比画着边说：“哎，你们嘛，我的胖子（房子）里去。”

大伙弄明白了，维吾尔族老乡是怕他们冻坏了，让车上的解放军到自己家里去。

气温还在下降，也只能随老乡去他村里的家。

娴静的女主人迎接了他们。维吾尔族老乡漂亮的女儿给又冻又饿的他们端来了热砖茶，一大盘馓子和油果子。不一会儿，又端上一大盘“抓饭”。

那一晚，父亲和他的两位战友及司机，就在维吾尔族老乡家的炕上睡了一晚。

第二天一大早，老乡家迎来了许多客人，他们才知道，这家维吾尔族老乡下午就要嫁闺女了，而昨晚上他们睡觉用的新被褥、吃的美味抓饭、馓子、油果子，都是为今天的婚礼准备的。

父亲他们搭车准备回医院，告别维吾尔族老乡时，竟感动得说不出话来。

父亲的这段亲身经历，让他对善良的维吾尔族老乡充满了感激。他用自己的医德医术回报这些普普通通的老乡。而父亲所在的153野战医院，也是和田地区各民族老乡最信任的医院。就连医院里的孩子们，到附近维吾尔族老乡家里去玩，那些桃啊杏啊葡萄西瓜酸奶什么的，基本都是敞开随便吃。

那时候，我们虽物资匮乏，但大家却很互爱；

那时候，我们虽语言不通，但彼此却很信任；

那时候，我们虽文化不同，但人心高贵和谐……

算起来，我离开和田已经三十七年了。时光飞逝，和田留给我的记忆，并没有因时间的无情冲刷而模糊，相反，已沉淀成了一幅浓墨重彩的画卷。

如今的和田，已成为一个现代化的城市。公路、铁路、航线四通八达；昆仑湿地公园、沙漠观景台、玉石文化墙为旅游添彩；和田羊脂玉、艾德莱斯绸更受举世垂青……我的同学冯静波、张炎、程晓华、迪力努尔、水玉蓉、王永红……经常会在微信中发和田的图片。真是今非昔比，如此美丽的和田城，已完全寻找不到三十多年前的痕迹。

我的大和田哟，如今的你，装得下所有的惊喜和礼赞。

时光荏苒，每一个像我一样曾经的和田人，无论走多远，心中都会留着一条通往和田的小路。这小路，就像一条茧丝线，把我们与第二故乡，紧紧地连在一起。

每一个走向远方的和田人，虽然见多了别样的山，别样的水，别样的花花草草，别样的风土人情，但心中肯定都有一个梦，就是希望第二故乡的人们，都具有大国民风范——自信、宽容、雍雅、关怀。

每一个走向远方的和田人，也许一路新新鲜鲜，坎坎坷坷，由青丝变为白发，由急行变为缓步，由简单变为丰富，由浮躁变为安静，但作为一份情感拥有，和田，一定会跟随我们一生！缠绵我们一生！

和田的辽阔，配得上眺望；

和田的美丽，禁得起神往；

和田的发展，托得住赞叹。

两千多年前，张骞起伏跌宕的出使经历，让汉帝国犹如发现“新大陆”般振奋。当这位探险家途经和田时，一定对城郭古道上的这颗明珠印象深刻。

两千多年后，大漠边关的金戈铁马已变成了绿洲深处的欢声笑语；西域古国的荧虫灯火已变成了丝绸之道的商旅繁华；玉门关外的羌笛悠扬已变成了民族团结的翩跹舞姿……

文明，永远都是合作的产物！

无论是曾经的和田人，还是现在的和田人，都在为中华文明、新疆建设、和田发展作出着自己的贡献。

无论是过去、现在，还是将来，每一个热爱新疆、热爱和田的人，都将以富有顽强生命力和创造力的群像，被记入史册。

和田，这颗丝绸之路上的璀璨明珠，随着“一带一路”建设的推进，必将以其勃发的英姿，挺进更加广阔的世界，成就更加清晰的宏阔梦想……

祝福你，我的大和田！

待我长发再及腰

我一直觉得，一头秀发是上天给予女性的特殊宠爱。

听母亲说，我生下来八个月了，还是光光的脑壳，抱出门去，都不好意思跟人说这是闺女。等我当了母亲生下女儿，女儿三岁前也是个头发稀疏的黄毛丫头。明白了，遗传这玩意儿太了不得，谁也不能怪啊！

上中学时，我头发疯长，竟能顶着粗黑的辫子去上学了。而这时，我也突然间得到好评：这闺女“眉清目秀、聪明伶俐”了。嘿，原来，有一头秀发就能得到宠爱啊！小小的心灵，第一次知道美自秀发。因为有这一头秀发，我还有幸成了“毛泽东思想宣传队”里的“小铁梅”。梳一根水滑的独辫，头一甩，亮个相，也是蛮神气的。

后来，参军入伍，按照部队规定，应该剪短发，但因为我们这批女兵，在后勤机关工作，管得不是很严。有一次，军区文工团来慰问演出，有个节目是戏曲联唱，几位女演员一水儿留着长发，一个云手，一个盘腕，一个转身，那眼神的流转，指尖的兰花形状，面庞的百媚千娇，真的是腼腆、淡秀、恬静、妩媚，堪称人间尤物。尤其是她们那一头秀发，撩拨得台下观众心直痒痒。秀发天成，青丝如梦，那是男人的梦，也是女人的梦。从此后，女演员们那一嗔，一喜，一笑，一怒，一娇羞，一伤感，一爱恋，一幽怨，还有那一头秀发，便深深印记在了女兵们心中。每次军容风纪检查，大家都要想尽办法软磨硬撑混过关。

1998 年，正是沙宣、海飞丝、飘柔等大牌美发产品畅销的时候，姑娘们可以借此使自己的秀发变得更加美丽。而我，却毅然剪去了长发。起因是我一个战友，工作能力很强，却在一次职务升迁中，被无情淘汰了。淘汰本没什么，关键是一脸横肉的领导那不屑的话："女人嘛，头发长见识短，还不是靠……" 这种不用刀枪就能杀人的话，身边常常听到。一个聪慧的女领导、女学者，人们总是先议论她的容貌，而少谈她的业绩。如果这个女领导、女学者恰巧美丽，那围绕着她又会衍生出很多故事。

历史的潮水奔腾咆哮，把多少污泥浊沙埋于河底；历史的长河昼夜不停，更新了多少是是非非。职场上，虽然有的男人不会公开蔑视女性，但对女性的轻视仍然如云似雾、若无若有地笼罩在女人身上。特别是面对能力不逊于自己的女性，面对与自己平起平坐的女性，有的男人常常会有一种说不清道不明的复杂情绪。

战友临转业时说的一番话，至今言犹在耳："永远不要指望男女平等，那只是人们的一种美好愿望……" 为什么？我就不信这个邪！对始终都努力的人命运会不眷顾她？于是，我剪去长发，似乎头发短了，麻烦也会少些似的。我想以这种外在的形式，鼓励自己再坚强一点，再忍耐一点，承受性别劣势带来的不利，在社会挤压的罅隙中开辟天地，在怀疑调侃甚至敌意中赢得尊重……

奋斗本来就是人类生活的一部分，机会来时要有本领抓住，机会没来时更要对自己有要求，储备足够的实力，像跑马拉松那样有毅力和耐力，不达终点誓不罢休。真正的强者不是没有眼泪的人，而是含着眼泪奔跑的人。现在回头看，年轻时的豪情壮志真的很幼稚很可笑，但也的确管用。

说来也怪，天纵努力者。让优秀成为一种习惯！只有灯火通明，才有前途光明！少一个休息日，多一份真本事！这些工作中的理念体会，成为了一种信仰，不断激励着自己历风雨尝甘苦。人在奋斗的时候，才会感觉到自己是存在的，才会觉得自己是有价值的。信仰带给人的，不仅是品德和智慧的增长，还有一种幸福的感觉。有了信仰之后最大的不同，就是会更冷静地看待自己和身边的世界，会用更广阔的视野去关注社会、关注人生。

时光从来如白驹过隙，快得连我们的感叹都无法追上她的脚步；然而时光又从来很慷慨，在广袤的空间留下片片美好的记忆。我会经常怀念那些通宵加班的日子，对自己喜欢做的事，充满了兴趣，辛苦的过程也是享受的过程。如果说今天的自己还能算是飞翔，那么，翅膀可能就是在那个时候长出来的。不知为什么，我会经常想起金庸笔下的靖哥哥，一个没有什么天分，但有志气又有一点儿运气的傻小子，通过各种机缘巧合成为一代宗师。郭靖是金庸武侠小说版的“光荣与梦想”。我相信，每一个草根奋起的“光荣与梦想”精神，永远都不会过时！

岁岁松叶青，年年柳枝秀。如今已到知天命的年龄，对长发飘飘的喜爱有增无减，每每看到秀发天成的姑娘，我总忍不住多看几眼。曾经听到一首歌：“待我长发及腰，哪怕容颜苍老，哪怕岁月不再逍遥，赖在你的身边就好，一生只听你的心跳”，听时竟流下了眼泪。长长的秀发啊，也许这辈子与你无缘了，现有的青丝也会变成白发，但心中的那盏灯，永远不会熄灭；心中的那朵玫瑰，永远都会绽放！

待我长发再及腰，醉卧云边心放牧，笑看晚霞红透天；

待我长发再及腰，清风出袖墨香舞，明月入怀诗意生；

待我长发再及腰，轻履行远静思幽，自在乾坤闲悠游！

边关石头也相思

我有一个爱好，只要去边远艰苦地区采访，就喜欢捡一块石头带回来。久之，办公室窗台上也积攒了大大小小七八块来自新疆、西藏等地的石头。

每一块石头都是大山的血魂，每一个血魂都经历了地狱之火的熔铸。在它生命的纹路里，镂刻着凝固的悲壮和生命的涅槃……

2012 年，我去新疆白哈巴“西北第一哨”采访。

山坡上的“西北第一哨”，挺拔地耸立在蓝天下。这座中国版图上最西北的边防哨卡，面向山巅，遥对界河，距离河对面的哈萨克斯坦只有几百米。

我找到了换哨下岗的战士，他的名字叫高唱，就像他的名字一样，他是个阳光帅气的小伙子。我们聊起了连队生活，他告诉我，虽然营区院子很小，但他爱石头，常把喜欢的石头捡回来摆在营区，上面还刻上不同的字，已成了营区一景。他特意带我看了那些形状各异的石头。一个用白色鹅卵石拼成的中国版图上，“祖国在我心中”几个红色大字，在蓝天下格外醒目。

站在这一堆鹅卵石边，我心潮难平。鹅卵石再普通不过了，可当它被做成祖国的版图，便被赋予了生命，得到了永生！我明白了高唱为什么喜欢石头，因为这些石头，见证着一代代边防军人奉献给祖国的青春年华。

边防的一石一峰都是主权象征，一山一壑都事关国家利益。

离开白哈巴哨所时，高唱带着我，特意捡了一块鹅卵石，我把它带回了北京。每次看到这块鹅卵石，就想起白哈巴哨所，想起高唱小战友……

正是一个个像高唱这样重情重义敢爱敢恨的血肉之躯，组成了我们的钢铁之师、威武之师。

2014 年，我去西藏边防采访。

我们从拉萨出发，前往亚东乃堆拉哨所。路上，途经一个叫岗巴的小镇，大伙下车稍做休息。

小小的休息室里，一位藏族老阿妈引起我的注意。阿妈慈眉善目，嘴角边流露出憨憨的笑意，面颊上布满枯老的皱纹，那是岁月与风霜刻下的深深印痕。老阿妈家去年遭了灾，是部队官兵救灾及时，全家才安然无恙。从此，老阿妈就隔三岔五来营区看望官兵们。

送走老阿妈，在屋角拐弯处，我看见一块石头。瞥了一眼，那粗砺的样子，有点像老阿妈的那张脸，又有点像谱写命运交响曲的贝多芬，更像一个沉思的头颅，似乎在思考深邃的历史之谜。

细细端详这块石头，质朴、自然，没有一点人工雕琢的痕迹。石头上，那道天然形成的白色曲线，像延伸远方的天路，又像一条蜿蜒的河流。我仿佛能感觉到，在它生命的纹路里，似乎镂刻着冶炼的痛苦和凝固的悲壮，那一道道涌，一层层浪，既有沉潜的品质，又有飞扬的神采。我想，它一定是情感飞扬跌宕后的狂澜。

不知为什么，就喜欢上了这块石头，因为它的颜色，像极了藏族阿妈那张最靠近太阳的脸，那张透着信任和温暖的脸，足可慰藉军人之心。阿妈就是“人民”的代名词，子弟兵正是为了千千万万张像阿妈这样的脸，才历尽艰辛、心甘情愿在这氧气都吃不饱的地方默默奉献着。

军人即使再英武高大，在伟大的人民面前，也永远是儿女！

我相信，这块石头与我有着深深的“缘”，就那么一瞥，它便像一枚图钉，被按进了脑海。

难忘珠峰大本营。

百多公里的沙石搓板路，只能像蜗牛般缓慢前行。

终于，看见了，那冰清玉洁的苍穹下，梦幻般耸立着巍峨而神奇的珠穆朗玛峰。它用银发苍苍的头颅支撑着悠悠苍天，用雄阔连绵的山脊横亘于莽莽大地，用接天连地的精华把古老的高原孕育。

珠峰在我心中，是一座圣山。我对它顶礼膜拜，虔诚仰望。它用满溢着的雄性热血，塑造出一个强健而又虔诚的民族；它用孤独的沉默，在这远离尘世的云天之上，忍受着冰雪的禁锢，苦度着荒寂的岁月。

站在海拔5200多米的珠峰大本营，我瞬间明白了，山的存在，是让我们永葆谦逊和恭敬，知道在这个世界上，总有一些事物必须仰望。

我似乎也理解了，尘世中的人们，为什么会从遥远的地方，一路苦行而来，怀着虔诚的心，去朝拜这座圣山。无论是谁，无论他的灵魂有多么沉重和痛苦，只要置身此境，都会使心灵得到解脱，使灵魂得到净化。

我想，一定要带一样东西留作纪念，于是，就看到了那块似乎已在那里等我许久的白中泛青的石头。同行的小陈高反症状厉害，他劝我：

“走路都困难，你还要抱块石头，不要命了？”

对这块石头，我已经爱不释手，无论多困难，我都要把它带回北京。如今，这块来自珠峰大本营的石头，就立在我办公室的窗台上，端详的次数多了，竟发现它的形状有点像中国地图。

小小的石头，透着浩瀚磅礴的气势。那是我们中华民族不息不灭的灵魂啊！它凝聚着大地威烈如火的激情和力量，更凝聚着我们这个古老民族自强不息的精神和虔诚的信念。

石如人。那些任重道远的人，那些走得更稳健更坚实的人，常常是潜行者，而在热闹的路面上，拥挤着太多的闪转腾挪、虚张声势。负重潜行，只为更加踏实致远！

石如人。愈是在风雨如晦的时候，愈是在人云亦云的时候，心灵愈是宁静。穿透所有的混乱和颠倒，找到最本真的价值，然后笃定地坚持。

我持此石归，石中有乾坤。

感谢岁月与自然的馈赠，石头的静默，生命的律动，这静与动、刚与柔，一同构筑起我们对未来的梦想！

永远的大漠

我又想起了大漠。

想一想，我已经在大都市生活三十多年了。这里几乎每一天都在变化着。各种信息让人应接不暇，城市越大，人越发显得渺小。许许多多个外乡人，在这座城市寻梦，无论遇到什么样的大悲大喜，最后都会慢慢沉淀为淡漠的平静；无论最终是留下来还是被动地离开，都犹如一支燃烧后的烟，默认命运……

怀念曾经在大漠的日子。

怀念过去，不是那时候生活有多么好，而是怀念当年那种淳朴的民风，善良的人们，简单的人际关系，以及那些回不去的青春岁月……

二十多年的大漠生活，对它的爱，已深入骨髓。

参军入伍后，我们营区离市区有段距离，有点郊区的感觉。营区周围有许多桑树、杏树、桃树和沙枣树；高高的白杨树上，长着无数个眼睛；红柳层层叠叠最适合做围墙。这些树，簇拥着一个个维吾尔族百姓的院子。每家院子里，少不了的是葡萄架。青色的葡萄叶子，像一只只绿手伸展开来，几乎把家家户户搂进自己的怀里。葡萄熟了的时候，阳光灿烂，天气燥热。当你焦渴难耐时，无论走到哪一户人家，阿帕（阿妈）都会捧出盛满葡萄的托盘，笑盈盈地让你品尝。

那热情，很动人呢！

马奶子葡萄、无核白葡萄、红葡萄，还有天山雪融化后，潜藏在戈壁下，被渗滤得清莹莹的坎儿井水，瞬间能让你心静下来。

军民联欢时，大家喜欢跳麦西来甫，它被誉为维吾尔族的交谊舞。维吾尔族人个个都是天生的舞蹈家，刚学会走路的小孩儿、老爷爷、老奶奶，只要是能动的，手鼓一响，架势立刻就出来了，那一耸肩一挑眉一扭身，尽情宣泄的欢乐，顷刻间从葡萄架上的藤蔓间溢开。

有一次，我们执行任务路过一个村庄，快走出村子了，一位阿塔（阿爸）气喘吁吁地追我们。大家不知发生了什么事，还有点小小的紧张。阿塔到了我们跟前，嘴里不停地说着，大家听不懂维语，只能以笑相答。阿塔边说边从衣服兜里掏出一把把杏仁，像哄孩子一样给我们。他看我们吃起来，才点着头高高兴兴地走了。

这位吐鲁番火焰山下的阿塔，是那么慈眉善目，憨憨的笑意，让人看着心里暖暖的。这张脸，才是太阳底下最动人的脸。

大漠深处，可能物质生活并不富有，接受各种信息慢一点，城市的五颜六色少一些，但这里，人与人之间的感情更深，朋友间的相处更简单，说话办事的方式更直接。也许是戈壁沙漠地广人稀的缘故，这里款款的漠风、淡淡的花香、熠熠的星光、袅袅的炊烟、喔喔的鸡啼、咩咩的羊叫……反而犹如世外桃源。那些掩隐于各种果树、花草之间的少数民族房屋，漂亮、艳丽、有风味、有特色、不夸张、不骄奢、不富贵逼人，充满了异域情调。生活在这里的人，善良、实在、不功利。

我的和田同学群有一百多人。汉族同学患重病，维吾尔族同学迪力努尔主动捐款，还热情号召同学们献上爱心，哪怕几元钱都是一份情意。汉族同学李红卫、张炎，经常为贫困家庭的维吾尔族学生捐赠书刊、学习用品。

好朋友红戟是乌鲁木齐市一位领导干部，给他们开班车的司机是维吾尔族人。新疆“七·五”事件后，许多人劝他们赶紧换个司机，可他们坚持不换。信任，是最好的安全保障！

新疆小伙子陶江在北京打拼，租房开了一家小饭馆。由于人实在，新疆饭做得地道，吸引了一批喜欢吃新疆饭的朋友，有些人干脆办了饭卡图方便。房东见钱心动，遇到了租房开价更高的人，便单方面毁约。饭馆停业了，陶江给所有在他小饭馆办卡的人一一打电话，说明情况退回余款，多则几百元，少则几十元。真是一个实实在在讲诚信的新疆小伙子！

总有些善良，有枝可栖！

总有些实在，融进血脉！

常听人说，见多识广。可有些人见得多了，反而增长了傲气、狂气、奢气……反倒是物质文明并不发达的边远艰苦地区的人，更纯朴、简单、善良、实在些。

许多人都有一个感觉，相对比较落后的地方，无论是景色还是人文，都充满了生机。相反，繁华都市，却经常有一些挥之不去的浊气。这浊气到底是什么？是都市天空的雾霾？还是缄默无语的谨慎？是统一规划过的狂热与疲惫？还是光鲜虚伪下的欲望与攀比？

说不清道不明。总之，时代变了，社会变了，生活变了，人心也变了……

呵，大漠，久居都市的日子里，常常会想起你。想你的坦荡天空，包容万物又一目了然；想你的辽阔大地，虽然贫瘠却自甘寂寞；想你的质朴河流，虽然安静却激情满怀……

你以纯净的情愫、浩瀚的胸怀向人们昭示：所有的真诚和热情，并非都能得到艳丽的花束；所有的理想和希望，并非都能收获晴朗的天空。但是，一个民族身上千百年来积淀的善良、无私、宽容、坚忍、顽强、勤劳、质朴、勇敢的品质，都将永远是最本质的财富！

拥有这样的财富越多，时光就越美好，精神就越健康。

因为你——大漠，我始终充满追求与探索的勇气，不管这追求与探索之路多么地艰难，都动摇不了我心中满含的真诚与执着。

大河奔流，一泻千里，有清有浊，有缓有急。人生，直到终点都是一个挑战，那就从容接受。所有的困惑、忧思、痛苦，都如一味味苦口的良药，含泪咽下，而后才有丰富、蓬勃、美好。

因为沧桑，所以坚强！

因为快乐，所以芬芳！

我会常常想起你——

我永远的大漠！

那个飘着雪花的生日

那是一段犯傻的日子，好奇、冲动、惊诧、热情……那是一段心中盛着小秘密的日子。

那时，我在乌鲁木齐军区唯一的一家宾馆的政治处当文书，他是来参加军区一个读书班的。高高的个子，合体的军装，脸上始终挂着谦恭而不虚伪的笑。这笑并不是针对某个人，却又分明对着每个人，阳光一样公平周到。经常听女兵们议论他，说他在读书班公布的两次理论考试中，都名列第一名。

每天晚饭后，读书班的人都喜欢到楼外散步，他也去。我发现姑娘们到楼外去的次数明显多起来。有一个女生把她认为效果最好的一件红方格衬衣从晾衣绳上扯下，半湿半干就套在军装里面，领口露出的那一抹红，把脸也衬得红粉粉的好看，那情景真叫一个热血沸腾！

我也默默做了准备，特意梳两条小辫，这在大家都烫发的时候显得很别致。我是想以这种外在的与众不同引起他的注意，然后让他从我这与众不同的外表看到我与众不同的内心。当然，我枉费了心机，他根本不理会这些。有的时候，我也能碰见他，但每到这时我便会早早地远远避开，为了怕给他留下什么不好的印象——我宁肯不给他留下印象！我自尊胆怯。由于自尊而胆怯，由于胆怯而自尊。

小时候，妈妈常说：长得丑就要努力学习。这种暗示真害人，让我从小自卑，觉得自己长得丑，所以要不停地努力学习，似乎只有这样才能变美。那时，许多女兵都有表哥，经常会来看望她们，带好多好吃的零食什么的。真羡慕那些有表哥的战友！后来，同宿舍战友改梅告诉我，表哥其实就是对象，就是男朋友。因为战士不允许谈恋爱，所以就只好说是表哥。

噢，原来是这样！不幸的是，我和改梅似乎是困难户，没有表哥，自然也没有零食。我们俩人就比着看谁读书多，熬夜多。现在想想，真是俩傻二货。

有一天，我正上楼，后面有人唤了我一声，回头一看是他，心怦怦直跳。他拿着一张报纸，问我："这篇文章是你写的？"我点点头，脸莫名其妙地红到脖颈。他微微一笑，笑得让人嫉妒。我离他很近，两步之间。他的笑很潇洒，特别是他的眼睛，我觉得他眼睛里有东西。

那一天我异常高兴，走路哼着"美丽的姑娘千千万，唯有你最可爱……"不知是夸奖自己还是欣赏自己，隔一会儿就照一次镜子，镜子里的那个我沾沾自喜哪。那一天，真要命！

初恋这东西，有的时候，就是一个人的兵荒马乱！

因为心中有了小秘密，人也变得神经质了；因为有了小秘密，心也变得宽容多了。

我过生日时，他说要请我吃大餐。我们俩一前一后，踩着雪去北门找餐馆。

天空飘着雪花，六角形的，晶莹、透亮。这洁白的小精灵，像无忧无虑的天使，落在宽大的铁皮屋顶上，落在马路边一排排光秃秃的树上。整个城市回荡着一曲无声的轻音乐。雪花们在自己创造的节奏中，兴致勃勃地舞着，轻快、忘我，犹如我此刻的愉快心情。

在北门一个街道拐角处，我们发现一家维吾尔族餐馆。主人很热情好客，菜还没点，已端上瓜子、酸奶，让你先嗑着瓜子、品尝着酸奶再慢慢点菜。菜是他点的，我只负责吃。我们说着天南地北的废话，但聊得兴致盎然，一晃竟两个小时过去了。结账时，我看他跟维吾尔族老板用手势比比画画，最后连工作证也给了老板。结账怎么还给工作证？我跟过去才明白，原来这顿大餐四十七块钱，他带的钱不够了，只好说服老板把工作证先押在餐馆。热情的维吾尔族老板一点没计较，还一个劲儿劝我们喝酸奶。

出了餐馆，天空依然飘着雪花，厚厚的，松松的，那么晶莹，踩上去嘎吱嘎吱，如同一首雪歌。树枝上覆着雪，树杈上托着雪，树梢上坠着雪，数不尽的珠蕊银花令人迷眩。一只小鸟扑啦啦飞起，落在枝头，便会有一大片雪花簌簌飘落在地。枝头的野樱桃摆动着，被雪浸得鲜红鲜红，如少女的美唇。尽管冬雪覆盖了路面，但挡不住勇敢出发的恋人。足迹如诗！

雪花落在我们的睫毛上、脸颊上，涤荡心脾，仿佛每一根血管都溢满清新，每一个细胞都精神抖擞。纤细匀静、巧丽玲珑、性格飘逸的雪花，就像一首读不透的爱情朦胧诗……

如今，三十多年过去了。“岁月如梭逝，银丝鬓已稀。”可每每想起那个飘着雪花的生日，那顿欠费不得不押工作证的生日大餐，就有一种“同心相牵挂，一缕情依依”的温馨。

记录下尘世中的这份缘，能让自己的生命富有诗意，那就是，当垂垂老矣，心依然会为当初的爱而悸动……

有一种享受不再有了

下班路上，在院子里碰见住楼上的老张推着自行车，接放学的孙女回家。小孙女在自行车后座上，小手比比画画，正在给爷爷讲着什么有趣的事，爷孙俩都笑得那么开心。看到此情此景，心里竟有一种暖暖的感觉。如今，人们生活都好了，接送孩子上学基本都是轿车，用自行车接送孩子已很稀罕。看到老张自行车后座上的孙女，让我想起了女儿小时候。

那时，每到周末，女儿都要去学舞蹈和长笛，我和爱人骑自行车送她。女儿喜欢斜坐在爱人自行车前边的横梁上，开始有点害怕，后来渐渐习惯了。她时而把身子往后仰，靠在爸爸胸前撒娇，时而昂起脑袋，俨然像神气十足的指挥官在指挥方向，偶尔也噘个嘴，那准是挨了训。爱人很喜欢女儿斜坐在他自行车前边的横梁上，因为他小时候也像这时的女儿一样，斜坐在他爸爸自行车前边的横梁上。

有一次，我骑车送女儿去北京市少年宫上课，那天风很大，正好又是个大上坡，我吃力地蹬车。女儿在后座上，两只小手用力推我后背。她可能以为这样，能让妈妈省点力气。女儿边推边说："妈妈，等我长大了，一定给你买辆车。"我开心地问她："宝贝，你给妈妈买汽车还是买自行车啊？"女儿认真地告诉我，一定给妈妈买辆新自行车。天真的女儿以为妈妈有了新自行车就不吃力了。

还有一次，我和爱人骑车从黄寺出发送女儿去西单舞蹈班上课，然后从西单再骑车到西三环总政歌舞团逄路老师那儿学长笛。女儿可能上舞蹈课累了，坐爸爸车后座上，双手搂着爸爸的腰竟然睡着了。爱人一手扶车把保持平衡，还要快骑，一手放背后扶着女儿，防止她摔下来。我紧跟在爱人后面骑车，生怕女儿从车上掉下来，骑一路，心里忐忑一路。到了逄路老师家，女儿高高兴兴去上课了。我和爱人在马路旁售报亭边休息。望着马路上川流不息的车，我在想，汽车靠汽油驱动，而我们的自行车靠爱驱动啊！女儿上完长笛课，我们又从西三环骑车回到黄寺。这一天，我们全家骑着自行车，绕了半个北京城，足足有三十多公里的路。

落雨的日子，女儿裹在妈妈的雨衣里，与外面的世界隔着一块朦胧的透明；寒冬的日子，女儿裹在爸爸的大衣里，远离寒冷的侵袭。春夏秋冬，无论是款款的风，淡淡的云，丝丝的雨，还是薄薄的雾，飘飘的雪，青青的草，女儿在一路风景中，像朋友似的告诉我们她心中的那些"大事"。语文老师喜欢某某，不喜欢某某；某某同学的爸爸妈妈离婚了。她天真地问我们，你们不会离婚吧，到时候我只有一个人，可怎么给你们俩人分呢？

不知不觉间，时间在推移，仿佛，女儿就在自行车上慢慢长大了……

刚上初中，女儿便迫不及待要自己骑车上学。爱人不厌其烦地教女儿掌握各种骑车技能，陪着她上路，教她处理各种"情况"。终于，在我们的无比担心下，女儿自信满满地单独骑车上学了。我知道，过去那些年，我们在自行车上亲密相处的日子就要结束了。和女儿在自行车上的亲情，是陪伴我们走过漫漫人生路的精神寄托。爱的绵长、持久与亲情的浓郁，让我们真切体味到了血缘纽带的深厚与博大。

望着女儿骑自行车的身影渐渐消失在人流中，我忽然感到眼睛酸涩……有一种享受不再有了……

人生就是这样，总要分别。要好好珍惜在一起的点点滴滴、片片段段。岁月里留下的一个个瞬间，一条条印痕，衔接着我们的一段段人生，也弥漫在浩浩荡荡的岁月风尘中。

当一个个细节，在爱意浓浓的回味里复活，那些曾经的温馨和眷念，就在时光的暗影里化作了心头绵绵不绝的思念和感伤……

回忆这些印痕，不仅是对过去的感怀，更是对今天的珍惜。要知道，平淡生命里那些莹莹动人的爱，恰恰就是闪烁在我们生命夜空里的一颗颗明星，它在温暖一个个孤寂心灵的同时，也照耀着我们走向未来。

那些年，大院里的露天电影

小时候，爸爸所在的部队医院在大漠深处的和田。爸爸一年中有一大半时间，都是在喀喇昆仑山上，翻达坂、爬雪山、过冰河，为边防军人和牧民们巡医看病，只有大雪快封山时才会回家。爸爸不在身边的日子，大院里最吸引我们的，就是不定期的露天电影了。

记得看完《南征北战》，搬着小板凳回家的路上，一帮小朋友高声重复着电影中敌人气急败坏的台词——

"请你们坚持最后五分钟！请你们坚持最后五分钟！"

"张军长，看在党国的份上，拉兄弟一把！"

"不是我们无能，而是共军太狡猾。"

"军座，共军已渡过大沙河一线，交通被共军切断了。我看，我们还是赶快撤吧。"

"向南京喊话，直接向老头子喊话，派大量的飞机来接应我们！"

电影《追捕》里，杜丘眼看就要落网，骑着骏马的真由美出现了。

“为什么要救我？为什么要救我？”

“我喜欢你。”

妈呀，都说英雄救美人，这可是美人救英雄哎！多么让人热血沸腾啊！我相信，这一段是许许多多女孩们最喜欢的场景最喜欢的台词。每次回忆起这一段，内心总是万里晴空……

《地道战》里的那些地道简直太神奇了，有那么多陷阱、暗道，甚至防毒气门板。地道能直接通到水井，拉住井绳飞身上去，给鬼子一个出其不意；还能从树上或者石磨里钻出来，给鬼子喂土地雷，把鬼子炸得血肉横飞。

我至今一直固执地认为，关于抗战题材的电影，没有一部能超过《地道战》的。由于看的次数多了，里面的很多台词已熟记在心，以至于我们到维吾尔族老乡地里偷桃子时，会默契地说：“悄悄地进村，打枪的不要。”而偷桃子成功时，小伙伴们会自我夸奖：“高，实在是高！”

参军入伍前，许多美好的记忆都和大院里的露天电影有关。

有一次，院里放《洪湖赤卫队》，我和弟弟去晚了，没占上好位子。后面有许多大人是站着看电影，我和弟弟个子小，站在小板凳上也不行。弟弟突发奇想，拽着我转到银幕背面去看。正面看，韩英的枪向右指着；背面看，韩英的枪向左指着。管她向右指还是向左指，都一样地鲜活生动。我和弟弟很得意，好像这电影是为我俩放的专场似的，因为，在银幕后面看电影的只有我和弟弟。电影中那句“手拿碟儿敲起来，小曲好唱口难开”会经常从嘴里溜出来，自娱自乐了很长一段时间。

看完《野火春风斗古城》后，我被王心刚、王晓棠彻底迷住了。天下还有这么漂亮的人，真心希望他们俩能结婚成为一家人。后来再看《红色娘子军》，王心刚演的“党代表”最后牺牲了，我还暗暗伤心了好几天呢。

《红灯记》里，李奶奶的邻居慧莲过来，她的孩子饿得直哭，她还没开口，铁梅就把家里最后一点面递了上去。

慧莲：“您待我们太好了！”

李奶奶：“别说这个。有堵墙是两家，拆了墙咱们就是一家。”

铁梅：“奶奶，不拆墙咱们也是一家。”

李奶奶：“铁梅说得对！”

铁梅的话对了很多年。那时，爸爸工作的部队医院，虽然有院墙，有岗哨，但和周围的维吾尔族老乡及友邻单位关系处得很和谐。周边的农科所、外运车队、党校的人员，甚至远一点的棉纺厂、地质十大队的工人，都会来院里看露天电影。虽然人多也杂，但从没听说谁家丢过东西。我的小学同学张炎、郭峰、邹旭光、冯静波、姜月梅、洪萍、邵萍、丁淑香、李秀华等，也经常来大院看电影。

每次放电影，尤其是“打仗的”电影，都是孩子们盛大的节日。早早地，就搬着小板凳去占位子了。男孩子们凑在一起，玩一种“斗鸡”的游戏。双手抱起自己的左腿，弯曲着膝盖，右腿跳跃着，转着圈寻找对方的薄弱点，然后跳着冲过去，用膝盖撞击对方的膝盖、大腿或者屁股。身高一点的，还会把膝盖重重地压在对方的膝盖上，迫使对方栽倒。谁忍受不了撞击的疼痛，谁不能很好地掌握平衡，谁被对方击倒，就算输了。而女孩子们在玩腻了跳皮筋、踢毽子、翻拐等游戏之后，对“拔萝卜”这种不怎么使蛮力的游戏也很感兴趣。“拔萝卜”可以两个人玩，也可以多人玩。两个人玩时，每人一只手，相互握紧，脚尖对着脚尖，把对方“拔”倒为胜。多人玩时，两边的人数要相等。两队人马各自一个抱着另一个的后腰，然后开始角力。有时候，狡猾的一方会突然撒手，另一方所有的人会人仰马翻。这时候，肯定会引起大人、孩子们的开心笑声。

我家隔壁的小军是一个鼻涕永远擦不干净的小胖子，他喜欢用手去擦鼻涕，然后抹在裤子上。他妈妈总骂他，看你那窝囊样！同学也不愿和他一起玩，可我喜欢他，因为他胖，有重量，玩“拔萝卜”时，我叫他在最后压坨，我们总能胜利。

那时候的我们，在露天电影放映前的时间里，玩过很多游戏。

那时候的我们，什么都没有，却拥有快乐！

有一部电影叫《欢腾的小凉河》，字幕刚放完，影片开始才两三分钟，突然中断了，大家都以为是通常的“跑片未到”，一边聊天一边等。突然，院里一位叔叔用低低的声音念讣告：“中共中央……沉痛宣告……”那是1976年9月9日，毛主席逝世了。全场死寂，不一会儿，大人们开始抽泣，一个、两个，八个、十个，每个人都沉浸在深深的悲伤中。我当时的感觉就是“天塌了！”看大人们哭，自己也开始哭。那个叫《欢腾的小凉河》的电影，就再也没有看过了，甚至都不愿再提起这部电影。我知道这跟电影没关系，怕提它是不愿回忆那一天痛彻心扉的悲伤……

现在，《南征北战》结束放映大半个世纪了，当年英俊的“杜丘”也已驾鹤西去，美女“真由美”再怎么说，也到奶奶的年龄了。今天银幕上的风花雪月、枪战酷车，让我们的视觉超级震撼，可狗血的台词我们却没记住几句。

那时候，我们用《游击队之歌》的旋律编了一首儿歌：

我们都是穷光蛋，
兜里没有一分钱，
等到我们有了钱，
买根冰棍解解馋。

那时候的我们，买三分钱一根的冰棒，二毛五一瓶的汽水，一块钱十根的粘牙糖，如果哪个小朋友有五块十块，那就是传说中的大款，就可以当孩子王收小弟了。

中学时，如果身上有二十块钱，就买杂志和小说，全班传着看。身上若有二百块钱，去哪儿都昂首挺胸，超级自信。

真的很怀念我们那再也回不去的时光……

真的很怀念儿时我们那幸福的童年……

真的很怀念那部队大院里的露天电影……

那个时候，傻傻的，纯纯的，虽然物资匮乏，身体也许营养不良，可我们的心，我们的精神却营养丰富，青涩年华没有错过好看的电影。

人生中，许多真切的感受、滋味，年少时懵懵懂懂、毫无知觉，往往长大后才咂摸出其中的真味，而正因为触摸到了童年那些深深浅浅的印记，我们才更加懂得珍惜。

回忆过去和畅想未来，是同样奇妙的两件事。这两件事，无须消费金钱，人人都能拥有。

今天，回忆起那些年大院里的露天电影，在平淡生命里储存的这些莹莹动人的细节，恰恰是闪烁在我们生命夜空里的星光，它在温暖我们内心的同时，我相信，也一定会照亮我们未来的漫漫长路！

遥远的大地

母亲想给家里的君子兰换个盆，问题是，到哪里去弄土？打电话到花卉市场，对方很热情，是要有机营养土还是培植土？自己来取和送土上门价格也不一样。母亲显然不适应连泥土都成为商品的这个现实。放了电话，小声嘀咕：不就是一盆土嘛，这么贵。

想起同事讲的一个笑话。她邻居的儿子七岁了，衣来伸手，饭来张口，两口子觉得孩子如此下去就废了，趁暑假让孩子随奶奶去乡下，吃点苦锻炼锻炼。临近开学，儿子不情愿地回来了，却不停地抱怨，城市不好玩，不像奶奶家，有土有蚯蚓有蜗牛还有浩浩荡荡的蚂蚁队伍。不知这笑话是真是假，但的确，在大都市的天空下，泥土已渐渐撤出了我们的生活。

办公室乔迁后，新添了一棵树。这棵树枝繁叶茂，身姿优雅，沿着树干往下看，树木的纷杂根须居然委屈地被塞入一个小小的简易塑料盆。

“这么小的盆，那么一点土，能成长一棵树吗？”

送树的工人挥了挥手，“够用，没问题。”

的确，树木的叶子碧绿发亮，不像营养不良的样子。辽阔的大地收缩为一个小小的塑料盆，这些树木似乎也学会了委曲求全地苟活。人在屋檐下，怎能不低头？树木也是如此，只有方寸之地，哪还能固执地揣着不合时宜的雄心壮志？

曾看过一幅图画，荒原上的一棵树，幕天席地的背景，孤独的姿态，似有呼啸风来，漫卷千古的愁绪刹那间湮没了观者。那是西部沙漠的精灵——胡杨。当胡杨死去时，枝干仍会屹立不倒。立体的死亡凝固了永恒的时空，展示着无边的壮烈，令观者震撼。

无论是傲岸还是虬曲，有灵魂的生命，自有不可凌越的气势！不像眼前这棵强作欢颜的景观树。

无论人与树，都离泥土越来越远了。

人们栖居在水泥、钢筋构筑的人工环境里。每天上班下班，那一开一阖的电梯是穿行于大楼内部的流水线。每一个人如同一种型号的产品被及时地卸到各自的办公室，大部分时间与电脑的液晶屏幕久久相对，偶尔抄起电话听一听机器里传来的说话声音。大楼的每一个房间都安装了完善的空调系统，没有人再为窗外的数九寒冬、炎炎夏日发愁。只有当窗户的玻璃上出现了斜斜的水纹，才会有人漫不经心地问一句：下雨了吗？

生活被大都市的氛围彻底改装。客厅跑步机上一小时的奔跑与林荫道上的一小时肯定不同。人工设计的世界并没有错，只是很少能嗅到泥土蒸腾的气息，让人们的生活越来越接不着地气了。日子交给了手机、电脑、电视、汽车、飞机，如此等等，机器仿佛将所有的日子装上了马达和齿轮。一个大齿轮带动无数个小齿轮，我们的效率似乎越来越高，可积攒的问题也越来越多；我们的物质生活越来越丰富，可幸福指数却越来越不给力。

当我们还没有完全适应工业化时代大踏步前进的节奏时，信息化时代已滚滚到来。互联网思维颠覆了人类社会的传统。人们感受到的是微博、微信对新闻和信息传播法规的突破，网店对商务法规的突破……谁率先找到信息化思维的突破点，谁就可以成为未来的领导者。突破越来越深入，颠覆越来越彻底 。科技正在将人们从大地上连根拔起，安装在信息化机器的逻辑轨道上。

“天苍苍，野茫茫，风吹草低见牛羊。”这是一种多么壮阔深远的大地情怀。大地，一个沉稳厚重的词，隐喻着宽厚、阔大、质朴和无尽的生机。山峦起伏，河流蜿蜒，树木葱茏，平静的水面映照出闪亮的落日余晖。不知道从什么时候开始，人与社会制度，与货币经济，与行政机构和意识形态的关系，已远远超过了人与大地的自然关系。

泥土在无声无息地慢慢消失，高耸的大楼急匆匆地扩张，巨大的重量压得城市地面持续下沉，如果有一天，黑黝黝的大地承受不住水泥钢筋的重压了，该怎么办?

有点杞人忧天了!

香水、烟草、烈酒、街道上飘浮的汽车尾气，这些大都市工业标准化的气味，充斥在人们的生活中。久居都市的人们想逃离城市的拥挤、喧嚣、雾霾，去郊区寻找一份清静，呼吸一口原野的清香。于是，周末通往郊区的高速路口，永远都像一个流动停车场。尽管这样，也阻挡不了人们逃出去过把瘾的强烈愿望，因为，能嗅到浓郁的青草气息就是都市人的一种享受。

阳台的角落摆着两盆花，那是母亲养的君子兰。我在想，已经很久没有接触到所谓的“大地”了。此刻，遥远的大地，已象征性地仅仅是花盆里的那一点泥土了……

我从和田来

一位朋友到新疆和田旅游，他印象中隐约记得我曾经说过自己是从和田入伍的。为了证实这一点，他拨通了我的电话。得到确切的答复后，和他同行也认识我的同志很惊讶，“没想到，这么落后偏僻的地方也能走出一位师职女干部。”

的确，我从和田来。

西出阳关，经于阗，越葱岭，最后到达古罗马帝国……这是历史上那些锲而不舍的有志者、苦行者，用生命和毅力开拓出来的一条古老而漫长的丝绸之路。和田就是这古丝绸之路上一个小小的驿站。

新疆是辽阔的。浩瀚戈壁和那向四面八方铺开的无尽的路，让一站离一站、一村离一村的距离，远到无法想象，往往坐着汽车奔波一天，也见不到一个村子。当你筋疲力尽去向老乡问路时，老乡就会把手往远方一指：“噢亚……嗒！”远近以声音拖的长短而定。馕吃完了，水喝光了，耐着性子继续前行吧！翻过一个又一个沙包，直走得两眼快成一条缝时，人烟豁然出现了，红柳伴着清泉，杏花飘着清香，和田到了。

爸爸是边防军人，他工作的部队医院就驻扎在和田，我和妈妈便从甘肃静宁随军到了和田，那时，我只有五岁。

小时候，爸爸常带我们去玉龙喀什河玩，旱季水少的时候，我们在河沟里捡一些差不多大小、光滑洁白的小石头代替羊拐，玩一种叫“翻羊拐”的游戏。那时候，河沟里这种石头很多，爸爸还捡了一块泛着墨绿色光的石头，拿回家放缸里压咸菜。近些年，和田玉被炒成了天价，名扬海内外，我们才知道，那些洁白光滑的小石头就是羊脂玉，爸爸用来压咸菜的石头是墨玉。只可惜那时并不知道它的价值。

由于爸爸一年中有三分之二时间在喀喇昆仑山上，为边防官兵和维、藏族群众巡医治病，妈妈虽然是随军家属，但很能干，不仅是妇女们的头儿，还是民兵连长，经常组织民兵训练，还带领医院的随军家属们作些力所能及的贡献。妈妈不在家时，维吾尔族阿帕（阿妈）便常常过来照顾我们。维吾尔族阿帕原是爸爸的一个病人，由于腹部长了一个肿瘤，送到医院时已生命垂危，得知手术还需要花不少钱，便打算放弃治疗。是父亲劝说她留下，帮她交了手术费，并亲自主刀将她抢救过来。从此，阿帕认为爸爸就是她的救命恩人，两家人成了最好的朋友，像走亲戚一样常来常往。阿帕很健美，穿着艾德莱斯绸长裙，披着方头巾。阿帕常用一种叫“乌斯曼”的草给我描眉，这种草挤出的汁能养护眉毛，还能描出不同的黛色：深些、浅些、略高、略低，表现出不同的表情和秀美。最好看的，是把眉间轻轻连起来，翠黛微颦，妩媚动人。我经常想，现在自己的眉毛又浓又黑，不用眉笔描，又省钱又省力，是不是与当年阿帕用“乌斯曼”养护有关系？我曾经写过一篇散文《我那黛青色的乌斯曼哟》，是专门写给阿帕的。阿帕后来病逝了，由于部队有任务我没能回和田送她，这成了我心里一个永久的疼。

在我上学的校门口，有一个卖桃的维吾尔族老大爷，他卖桃先让你吃，不管吃多少，最后他数桃核算钱。于是，调皮的我们先是大吃一通，趁老大爷不注意，把桃核悄悄扔背后，最后，吃撑了，手里的桃核就几个。敦厚、幽默如阿凡提般的老大爷笑盈盈地收我们几毛钱。这些在大漠之中、烈日之下，不畏风沙默默地奋斗了一生的铁骨老汉们，仿佛是屹立在茫茫戈壁的一尊尊青铜像，每当想起他们，我总是怀着深深的崇敬。

和田人喜欢花，家家户户门前、窗后都种着夹竹桃、玫瑰花和牵牛花。三月春风拂面，杏花开放了，粉白冷艳，怡静淡雅。我家院里有一棵大杏树，清晨推开房门，就会看见翩翩飘落的“杏花雨”，满地的芬芳花瓣，恰似一片片花织成的地毯，使人心旷神怡。杏花开过是桃花，桃花谢了苹果花盛开，紧接着是沙枣花。爸爸医院背后有一条百米沙枣树路，通往农科所。沙枣花开，一路飘香，每一个走过那条路的人，都仿佛醉在花香中。我们最喜欢在老乡的小土房里玩游戏，也最爱听大人们讲鬼故事，讲到惊险处，一帮小孩紧紧偎依在一起，生怕谁被鬼捉了去。不听鬼故事的时候，一大帮小孩就玩“藏宝”游戏，于是，这土房小巷就成了孩子们的天堂。

爸爸从昆仑山下来后，会带我们去逛“巴扎”（集市）。逛巴扎像过节一样热闹，欢乐的人群，彩色的人群，弹唱声，吆喝声，驴、马的嘶鸣声混杂在一起。西瓜、哈密瓜、香瓜、伽师瓜、无核葡萄、马奶子葡萄……真是让人眼花缭乱。还有那桃红、翠绿、橘黄、湖蓝——五彩缤纷的丝巾、围巾，那是女孩子们的最爱。

从 1981 年参军入伍离开和田，已过去三十多年了。2006 年，趁着女儿中考结束的空，我们专程回了趟和田。真是沧海桑田般的巨变，拔地而起的高楼大厦遮住了沙枣花香，玉龙喀什河已被找寻羊脂玉的商家挖得千疮百孔。这几年，又不时有暴恐分子制造破坏稳定的事件……我心中美丽的和田啊，已不是昔日悠闲充满田园味的和田了。

在北京长大的女儿如同我那些去和田旅游的朋友们一样，他们眼中的和田小城是偏僻落后的。我理解他们的感受，可我爱和田，感谢和田。因为曾经的偏僻落后，让我如红柳般坚强，如胡杨般坚忍，从而孕育出灵魂深处的灵性花朵和它结出的坚韧硕果！因为曾经的偏僻落后，让我常怀感恩，学会知足。在这个世界上，没有人能独自走完一生，我们与环境、与周围的人总要相互依存，相互扶持。相对于广阔无限的宇宙，个人的生命和感受非常有限，而让我们的世界变得更加宽阔更有价值的一种重要方式就是感恩。我感恩生命中每一个给予我帮助，让我走到今天的那些认识或不认识的战友、朋友、师长。

一片暖阳、一缕和风、一园馨香，父母的养育、亲朋的牵挂、同事的关爱、降临在生活中的这一切偶然和必然，我都心怀感恩。在自己没能力帮助别人时，始终默默地祝福；在自己有能力帮助别人时，一定想着成人之美。多装饰别人的梦，也会让自己的心变得澄澈。

我曾做过一个梦，梦见和田人都变得那么自信、那么宽容，梦见和田城是那么地安宁、那么地祥和。

愿我梦想成真！

南政岁月

整理办公室书柜，翻出了 1987 年在南京政治学院新闻系读书时写的日记。一晃三十一年了，虽然页黄纸旧，墨迹灰淡，但读其中文字，依然让我怦然心动。

退　学

要上大学了。

南京政治学院新闻专业。不是在做梦吧？南京，六朝古都，中山陵、莫愁湖，只在文学书上读到过。老师、同学、希望、憧憬……恨不能插上双翅快快飞到南京。

火车，硬座，四天三夜才能到达。我被兴奋包裹着，丝毫不觉得辛苦。

当愿望异乎寻常地强烈时，往往会受到轻蔑。这真是一条魔鬼定律！

铁路被泥石流冲断，列车无法前行。

无奈在兰州整整等了三天，路终于通了。到埔口，一个人搬行李，买船票，大汗淋漓中终于折腾到了萨家湾。

陌生，一切都那么陌生。兴冲冲去报到。

“你已经超过学院规定的报到时间三天了，按规定做退学处理。”

退学？恍恍惚惚，像晕车般，许是长途跋涉的劳累，思维停滞了，像个僵尸。

“赶紧找人说说。”一位好心人提醒。四处打听，终于寻到了山西路邮局，拨通了长途电话，哭诉着给远在新疆的亲人说明自己的处境。爸爸说：“闺女，你浪费这么多眼泪，解决不了问题啊。”这话戳醒了我。是啊，活在父母的乾坤里，永远无法独步天下。我必须靠自己的力量飞高飞远。

找班主任鞠老师解释说明情况，好心的鞠老师出点子，这事看来只有新闻系主任郑旷出面，才有希望。于是，在同学指点下，忐忑不安地找到了郑旷主任。这位慈祥的长者，耐心听我语无伦次地解释为什么晚到，他答应找学校相关部门去做做工作。

感谢南政！感谢郑主任的努力！快要熄灭的梦想之火有了继续燃烧的可能。

南政，今天你给我希望，明天我一定给你惊喜！

保送生

还没有从退学的惶恐中走出来，还没有将八千里路云和月的新疆与南京两小时的时差倒过来，便迎来了入学后的第一次摸底考试。

58 分。全班只有两个人不及格。

“还是保送生呢，就这水平。”听到人家的议论，自尊心摔成了八瓣。

有种无地自容的感觉。对不起学校将我留下，对不起郑主任为我的担当，更对不起保送生这份荣誉。全班八十多名同学，有七名保送生，六名男生个个都厉害。王红、王健根一等功，孟志远、魏东、王宏、张古真二等功，而且还是赫赫战功，我是唯一受大军区表彰、免试保送入学的女生。

沮丧、失落，我觉得自己像一个患病的人，精神是一片深秋的旷野，无论多么轻微的寒风，都会引起萧萧黄叶的凋零。忧郁，不自信，心情彻底“感冒了”！

“相信你会尽快适应环境取得好成绩的！”郑主任及时的安慰鼓励让我感动感激。

因为是保送生，我必须努力努力再努力！

因为是保送生，我必须刻苦刻苦再刻苦！

岁月给我艰难，也一定会馈赠我清醒与冷静。我相信自己的实力，一定会似泉水，慢慢积聚起来，直至成为永不干涸的深潭。

孤山林下三千树，耐得寒霜是此枝！

“小鬼子”

宿舍晚上十点准时熄灯。手电筒可发挥了大作用，被窝就是一个小天地。可时间久了，老举着手累，总躺着看书也不舒服。长我一岁的靳平，不仅学习好，而且人聪明，她发现小卖部有蜡烛，比买电池便宜。于是，蜡烛成了我们宿舍熄灯后，派上大用场的学习工具。

“昨夜西风凋碧树，独上高楼，望尽天涯路。”“衣带渐宽终不悔，为伊消得人憔悴。”“众里寻他千百度，蓦然回首，那人却在灯火阑珊处。”

追寻努力的过程，一定伴随着风霜艰辛！

追寻努力的过程，一定饱尝着孤独寂寞！

追寻努力的过程，一定坚定着理想信念！

忘记了时间，忘记了疲倦。在书的世界里诗意地栖居，静美地寻觅。

思想者天马行空，读书人孤帆远航。

此时此刻，孤独永恒，寂寞无限，我是一个孤独的航海者……

不知不觉，天亮了。

一声哨响，列队出操。不知为什么，有的同学掩嘴偷笑，有的同学表情惊诧。如大姐般善良体贴的同学杨丽娜捅了捅我，示意我擦擦鼻子。原来，吸了一晚上蜡烛油烟，鼻子底下两道黑，整个一个“小鬼子”。如果演戏，真的不用化妆了。

结　石

深夜，腹部剧痛。

这已是第二次了。

忍耐，使劲地忍耐。宿舍同学都熟睡了，不能因为我打扰她们的梦。

钻心的痛，感觉自己要落入万丈深渊。蒙在被子里偷偷落泪，孱弱孤寂无助。终于还是忍不住了，悄悄爬起来去卫生所。值班医生大概被我惨白的脸和快要痛虚脱的样子吓着了，嘱咐护士先打一针将痛止住再说。

暖暖的，似乎有阳光照在身上。这一针，竟让躺在急诊室床上的我立生倦意。想家，想爸妈，想他们那双风里雨里总在我身后的眼睛，那是多么慈爱、关怀和关切啊！恍恍惚惚中，进入了梦乡。

类似的疼痛又发生几次，每次疼痛袭来，便盼着快打针。有一次和爸爸通电话，描述了自己的情况。爸爸是医生，嘱咐我尽快去医院检查，不能再打针了。到南京军区总院检查，确诊是尿路结石。后来，我知道那针剂是“杜冷丁”，会很快止痛但也会掩盖病情，甚至让人产生依赖。爸爸寄来了大包中药，排石冲剂。沐浴在亲人的关怀中，因为有爱的润泽，我的精神世界就永远不枯萎、不狭隘。暗暗鼓励自己，报答亲人的方式就是好好学习，踏实做人，做一个优秀的人！

人生，从起点到终点都是挑战，不论遇到什么，都坦然地面对吧！因为沧桑，所以坚强。

当学会享受痛苦，美好就不再遥远了！

书林畅游

又到假日。

同学们有的相约去苏州，有的去杭州，快乐的假日，畅游的日子。我畅游的地方在阅览室。

梅瘦山中蓄傲气，人怡书里集馨香。

孤独使我体检自己，回归心灵的净土。书可以帮我们了解过去，推想未来，书将我们的前额撑宽，向前凸起，使人类永远向前看而不后退。我知道，人与书的遇见，无论悲喜，都是奇遇。要向书道一声：幸会！

如果说，生命是一个过程，那么，我不拒绝这路上的一切磨难和痛苦。我知道，失去的一切是找不回来的，只有更加努力，未来才会充满希望。

静静听蝉声起落，艳阳在天空中闪着自己的光芒。没有风，在夏日的汗水中充实自己，营养自己。一点不后悔，虽然入校一年了，连近在咫尺的莫愁湖也没有游览过。

该吃苦的时候不吃苦，将来就会多吃苦。

该付出的时候不付出，将来就会多付出。

少了旅游，多了思考；少了观光，多了想象。冥冥中有一种信念，带着轻风，带着暖阳，缓缓地、轻轻地、静静地抚平心灵。假日里，快乐地在书林中畅游。

礼　物

要放假了，郑旷主任给同学们列了一张读书清单，他说这是送给大家的“礼物”。

阅读能让我们看到更大的世界，更能让我们看到深层的自己。

在阅读好书中构建自己的精神家园，读什么书就能得到什么样的精神。活在这个世界上，不仅需要知识，更需要精神！

感谢老师珍贵的礼物，让我懂得，不仅需要知识武装自己，还需要精神升华自己。如饥似渴，广泛涉猎，读文学、哲学、艺术、音乐，感受贝多芬、德沃夏克、凡·高、列维坦……生命是无限的，但对生命的使用是有层次的。一切都还来得及，因为我们还年轻。

感谢老师珍贵的礼物，让我们一边欣赏自己青春的美，一边为自己的未来播种。通过书籍这个秘密通道，打破时空的限制，穿梭古今，漫游于人类创造的精神空间，在与创造人类和民族精神财富的大师、巨人们的对话中，提升精神境界。

感谢老师珍贵的礼物，让我们放眼看世界，开心学文化。人间代谢，众声喧哗，在读好书中丰富心灵。所有的成功，本质上都是相通的。有目标，然后向这个目标投入时间和精力。当投入足够多的时候，耐心就能得到回报，那不是运气，而是必然！

一个怯懦的、遥远边疆小城来的女孩，一个孤陋寡闻、自卑疏离的女孩，在读好书中发现自己，坚定自己，从而升华自己，超越自己。

谢谢您，敬爱的老师！

山水不老，情意无价

时间：2016 年 1 月 7 日

地点：西三环北路 16 号、德胜门西大街 68 号

单位：总政歌舞团、总政歌剧团

写下这些，不知为什么，突然觉得鼻子发酸……

缘起，缘尽。

缘起则情生，缘尽却情恒！

我与总政歌舞团有十三年的情缘，与总政歌剧团有三年半的情缘。此刻，这两块沉甸甸的牌子已经被悄然摘下。

搜狐网、凤凰网是这样报道的："成立超过六十年的中国人民解放军总政治部歌舞团、中国人民解放军总政治部歌剧团、中国人民解放军总政治部话剧团，截止今日已正式摘牌。这意味着总政歌舞团、总政歌剧团、总政话剧团从此成为了历史概念。"

昔日的许多战友，也在微信朋友圈发帖文、图片，我能感受到他们

内心的依恋和不舍：

云芦：我回到团里的时候，我们楼顶原来醒目的总政歌剧团五个大字中的“总”字已经被摘下来了。身为总政歌剧团的一员，心中不免有些不舍和伤感，我想说，无论这支队伍的明天何去何从，可在我军的艺术舞台上它曾经绽放了最绚丽的花朵！为你骄傲！为你祝福！

韩亚娟：看着每天都会看到的牌子摘掉了，心中万般不舍，眼泪在默默地流，瞬间有孩子找不到家的感觉！

孙戈弋：总政歌剧团六十年一个甲子，今天摘牌儿了！从当时的总政文工团（歌舞、歌剧、话剧）开始，到据说合并，这就是一个轮回，这就是命中注定！总政歌剧团给了我们一切，它是我们的港湾！尽管我对它的体制、机制、专业内容及实践模式，有许多小小遗憾，但是，每当他人诋毁它，我会为它讨回公道！今天早晨，我们茶圈茶主杨洪基老师本来约定聚茶的，也正是因为摘牌他说取消喝茶了……这就是对它的真挚情感！不舍！在人生事业与生活的长河中，能够在令人敬仰的总政歌剧团彩船上度过三十一年，也是福气！船停了，人不能停，要么登上更光彩的大船，要么乘独木舟自由前行。愉快是兴趣篮子里的果实，而兴趣是人生之船里的幸福。丢弃不悦，寻求快乐！因为“换乘”是人生又一次快乐地起航……

张霓：2016年1月7日，一个让歌剧团人感慨的日子，尽管这样，我们在漆黑的凌晨赶到团里，与相伴了二十年的她合影留念，然后又赶赴下一站，开启2016年慰问部队官兵的演出任务，无论如何，我都热爱你。在这里，我徜徉在歌剧舞台，演了我人生第一个歌剧角色，享受着舞台艺术的魅力……叫我怎能不爱你，今天，是结束，也是开始！

汤子星：一大早要下部队，回来你就要变样了，多么不舍！多么不舍！多么不舍得啊！一个甲子，你创造了多少奇迹，创造了多少神奇！一直为你骄傲！自从加入你的行列，从未想过你会易名，不管你变成什么，你永远在我心中！我一直很自豪地说：“我是总政歌剧团的一员！”为了不留遗憾，为了跟你最后一次合影，半夜起床，只为了那一刻的永恒！此刻我已经在飞驰的动车上，怀着一颗火热的心，为兵服务，为兵歌唱！期待你的新颜！

孙丽英：永远的记忆、永远的辉煌、永远的经典！

逢路：总政歌舞团——响彻国内外的金色招牌今天落幕，将以崭新面貌迎接改革的未来。祝福我工作、生活、成长的家园！

刘巍：让生命回味这一刻，让岁月铭记这一回。

冯啸：墙上的印记随着时间的流逝会慢慢淡去，可有一个印记已经深深地刻在了心里，融进了血液！再见了我的总政歌舞团！我深爱着的总政歌舞团！

王丽达：一晃眼来到总政歌舞团十四年，从没有想过会易名，今天早上送完儿子以最快的速度换上军装留张纪念照！

…… ……

满满的都是情啊！

回忆，不是因为那个时代有多么好，而是那个时代我们很年轻，回忆，其实就是怀念那些逝去的年华。

1994 年，我调入总政歌舞团工作。记得第一天去报到，当时的副团长、舞蹈家刘英，他眼光如电，快速上下扫，轻轻说了句：“嗯，还行。”于是，刘副团长眼中“还行”的我，开始了摸爬滚打的锻炼。从办公室到政治部，再到管理处，从干事到党委秘书，再到协理员，我大概是歌舞团机关历史上唯一一个在这么多岗位上工作过的干部。十三年，最美好的年华在这里度过。2007 年年底，我调任总政歌剧团政治部主任。歌舞、歌剧都是情，情只一字，维系乾坤。直到 2011 年年底又到新的单位，我与这两个团虽缘尽，但情愈浓。2013年年底我过生日，歌剧团的一位战友来看我，带了一块八元钱的小方毛巾，那上面，是她亲手绣的一个“心”形图案。

小小方巾，传递的是真情、深情，这份情，让我的精神世界始终不枯萎、不狭隘……

记得当年在总政歌舞团，有一次下部队慰问演出，彭丽媛、克里木、阎维文、蔡国庆等艺术家抵厦门，奔漳州，去南安，走晋江，到福州，只要有部队的地方，都留下了他们活跃的身影。那时，彭丽媛和丈夫两地分居已有八九年了，按说，她到了丈夫工作所在地福州，小憩几日也是人之常情。然而，她一场演出也不耽误。一次，团领导决定为某部炊事班和执勤战士加演一小场，没有通知彭丽媛。不料，演出刚开始，知道了消息的彭丽媛风风火火赶来了。面对战士们，不用伴奏带，让大家点歌，战士想听什么就唱什么。这一幕给我留下了深刻印象。老歌唱家克里木到海岛演出，由于海上水气重，雨水又多，小腿肚肿起来，痛得抬脚都困难。一名小战士端来热水为克里木泡脚，还边泡边按摩，克里木眼睛湿润，感慨地说：“我们的岗位在战士中间，我们的名字是战士叫响的，我们的知音就是战士！”阎维文被官兵亲切地称为“战士歌唱家”。他唱的每一首歌，战士们几乎都会唱，经常出现台上台下一齐唱的景象。蔡国庆在下部队演出期间，接到美国迪士尼公司邀他为动画片《悲惨世界》配唱主题歌，他最终放弃了。“我是中国的文艺兵，为兵服务是我的天职，我不能离开自己的岗位！”许许多多感人的事就发生在我们这些文艺战士身上。在歌剧团时，一次，杨洪基老师已与地方签订了演出合同，对方把演出款也付了，这时团里决定要下部队演出，杨老师不仅退了地方公司演出款，还因为违约又赔了一些钱。事后，有人觉得杨老师亏了，可他的一句话让所有人永远记住了：“人把钱看得太重，人就不值钱了！”这就是我们军队德艺双馨的艺术家！

雷鸣般的掌声表达了官兵对文艺战士的期待，真诚的目光流露出官兵对文艺战士的喜爱，台上台下浑然一体的交流，更加深了战友之间的情谊。庄严的军礼，舒心的欢笑，这就是部队官兵对文艺战士们的最高褒奖……每次下部队演出，都是一趟真情为兵服务的艺术之旅！演员们冒着严寒酷暑，不顾车旅劳累，克服晕船不适，航行数百海里，为艺术精益求精，为基层倾情奉献，这就是部队艺术家们的担当！

艺术的重大使命，就是在寒冷时温暖人心。艺术要温暖人心，必须聚集真正的热能，而真正的热能，需要有正能量的艺术家传播。我们的部队艺术家不管级别有多高，名气有多大，在伟大的人民面前，在伟大的基层官兵面前，永远都是学生！再苦、再累，他们都会认为值得！

官兵是军队艺术家的一面镜子，战士们的掌声就是对艺术家们的最大肯定。在一些人对军队文艺工作者褒贬不一的时候，在总政歌舞团、总政歌剧团摘牌子的时候，我昔日的战友们又在凌晨出发，去边防、去海岛下部队慰问演出，去播洒艺术的甘露，传递至纯的真情！

“文艺不能当市场的奴隶，不要沾染了铜臭气。实现两个一百年奋斗目标，实现中华民族伟大复兴的中国梦，文艺的作用不可替代，文艺工作者大有可为。”这是习近平总书记的讲话，金声玉振，嘹亮人心。广大的文艺工作者，生在这样一个时代是幸福的！在这个幸福、大有可为的时代，我们的文艺工作，应当有大江东去的雄阔视野，应当有万水千山只等闲的英雄气概，应当有常含泪水挚爱脚下这片热土的深沉情怀，应当有留取丹心照汗青的境界追求，应当有广厦庇寒士的忧国恤民情怀，应当有风正一帆悬的机遇意识，应当有路漫漫而上下求索的进取精神。关注世间冷暖，提升灵魂高度，为时代立传，为人民放歌！

我为你们骄傲，总政歌舞团、总政歌剧团的战友！愿战友们肩负起自己的历史使命和责任，努力创作更多无愧于时代的优秀作品。我永远相信，真正让人接受并喜爱的艺术，一定让人一直被它陶醉着，即使结束很久，依然陶醉着……

回望不是标榜，不是炫耀，而是分享，而是激励！沧海桑田，变的是时间，变的是名字，变的是容颜，不变的是嵌入血肉、嵌入骨髓、嵌入生命的情缘！

山水不老，情意无价！

茶之精神

朋友给了一块云南产的黑砖茶，我的娘哎，比石头还硬，完全可以用来打狗、砌墙。为了享用它，费了老劲。开始直接砸，从物业那儿找了把锤子，照着砖茶砸下去，竟然只留个砸痕。再使劲，茶块砸得七零八落，碎屑飞溅到各处，满屋子找茶叶，真叫一个狼狈。后来我又想，或许用锯子锯更科学。关键是锯子这工具不好找，谁平时没事备个锯子在办公室？好友建议，拿楼下食堂用刀剁。最后，还是厨师们帮忙，把黑砖茶搞成了碎块。这茶喝得真不容易！

黑砖茶长得实在太粗糙，感觉是一堆黑乎乎的“粗枝大叶”，横七竖八地被压成一个砖形，放在鼻子底下闻一闻，没有一点清香，倒是有股陈旧的味道。嗯，蛮像我这个年龄该喝的茶。

想起余秋雨论茶的文字：“一杯上好的绿茶，能把漫山遍野的浩荡清香，递送到唇齿之间。茶叶仍然保持着绿色，挺拔舒展地在开水中浮沉悠游，看着就满眼舒服。乌龙茶深厚得多，虽然没有绿茶的鲜活清芬，却把香气藏在里面，让喝的人年岁陡长。相比之下，铁观音浓郁清奇，大红袍饱满沉着，金骏眉格调很高。”“青春芳香的绿茶只能浅笑一年，笑容就完全消失了。老练一点的乌龙茶和红茶能神气地挺立三年。”的确，余秋雨对茶的描述颇有意境。

相比少女似的绿茶，少妇般的铁观音、乌龙茶、红茶，我这块蓬头垢面的黑砖茶，简直就是原生态的“土著居民”。

可我喜欢这块不登大雅之堂，带着泥土习性的黑砖茶。

一清早到办公室，先熬一壶茶，不能太淡，有点苦味刚好。喝下去一杯，开始工作。这样的一天，神清气爽。我后来还突发奇想，在茶水里加牛奶，再放点盐，变成了奶茶。或者，茶水里加几片柠檬，加几片山楂，变成了柠檬山楂茶。如果想喝甜的，就扔两块大白兔奶糖进去。我就这样随心所欲地创造着各种口味的茶。时间长了，若哪一天缺了这一杯，还真有点打蔫儿。莫不是茶也会上瘾吧？

喝茶是件小事，但透过喝茶去体会，发现这世界上的一切事物，常常是弱小里包含着博大，孱弱里蕴藏着刚强。怪不得几千年来，那么多人难舍茶香，创造了丰富的茶文化。有一次，朋友约着去“斗茶”。还有“斗茶”这一说？我很是好奇。所谓“斗茶”，原来就是一种品茗比赛。三五个知己好友，把各自的好茶拿出来，比试茶的质量，轮流品尝，分出高下。

都市喧嚣，信息如潮，真真假假，云里雾里。当感觉疲惫时，找一处安静幽雅的所在，伴着清婉的音乐，用心沏一壶茶，或小坐独啜，或约上几个好友共饮，在品茗中忘却曾有过的种种虚荣和矫饰，忘却在生活旋涡中曾有过的有幸与不幸，忘却在人群中曾有过的恩恩怨怨，忘却在社会舞台上曾有过的荣辱和得失。品茗之时，凡俗之事不去想，有片刻悠游之心；饮过之后，再去谈功论名也不迟。

中华五千年文明史，几乎在每页中都可以嗅到茶香。茶滋润了中国人几千年，并且走出国门，遍及世界各地。诗人讲，琴棋书画诗酒茶。

老百姓常说，柴米油盐酱醋茶。各自喜好虽不同，但都少不了茶。喝茶有益，喝茶有礼，喝茶有道，已成为人们的共识，因此，才有了茶艺、茶经、茶道、茶馆，才有了茶膳、茶疗和那么多的茶人佳话。

品茶能静心，这已成喝茶人的共识。我总想，为什么人们都喜品茗，茶的精神到底是什么？从观赏茶具、茶叶到沏茶的过程，嗅闻茶香，品味茶汤，这种品茗感受的过程，其实就是茶与心灵的和谐过程。泡茶时，“酸甜苦涩调太和，掌握迟速量适中”的中庸之美；待客时，“奉茶为礼尊长者，备茶浓意表浓情”的明礼之举；饮茶时，“饮罢佳茗方知深，赞叹此乃草中英”的谦和之礼；在品茗的环境与心境中表现的“普事故雅去虚华，宁静致远隐沉毅”的俭德之行。这些都体现着“和”之思想。和就是度，和就是宜，和就是当，和就是恰到好处，和就是舒服。

当茶的清香静静地浸润心田和肺腑的每一个角落时，心灵便在虚静中显得空明，精神便在虚静中得到升华。如何从小小的茶壶中去体悟宇宙的奥秘？如何从淡淡的茶香中去品味人生？如何在品茶中明心见性？如何通过品茗来提升精神，修炼人格，超越自我？答案只有一个字：“静”。静能生慧，静可虚怀若谷，静可内敛含藏，静可洞察明澈。

客来煎茶，联络感情，家人共饮，同享天伦之乐，茶中有温馨。喝茶讲究的人，从泡茶的水质、器具，到沏茶的动作、程序都有要求；小康人家，随性随心，茶不必精，器不必妙，宜饮为佳，只要烹饮得法，亦得茶趣。更多的人就用杯子泡茶，茶叶一直沤在里面，喝到什么时候就是什么时候，只要提神涤烦解渴就行。现在生活质量提高了，很多人喜欢去茶馆喝茶，因为茶馆那地方更庄重一些，可以认认真真地泡，不疾不徐地品，在品茗中合作项目谈了，生意也做了。无论什么人，都可在品茗中，得到生理心理的愉悦舒畅，这种怡乐的身心享受使人返璞归真，生活从容。

“和”“静”“真”三个字，便是我理解的茶之精神！

悠悠茶史，多少故事在其中。一室幽帘，一杯清茶，好友相聚，茶香渺渺，那暖暖的、缓缓的、温温的感觉，在不经意间漫散开来，流淌开来……此时，岁月的烟尘，人生的喜怒，执着的真情，炽热的爱情，无缘的深情，沉淀的感情……思绪被拉得好长好长……

久居都市的人们，整天陷在职称、级别、房子、票子这些“奋斗目标”中，东张西望，心神不定。久闷必成病，久郁必成祸。该打雷就打雷吧，该闪电就闪电吧，该喝茶就喝茶吧。喝完茶，再走入风尘，带着云水的轻松，心轻了步履自然就轻了。人人都说这个时代太浮躁，身处浩渺的大千世界，如果我们没有力量去改变世界，那就想办法改变自己。静下心来真诚地面对生活，将自己置身于行走、音乐、读书的世界中，只要能让自己高兴，从中能获得乐趣，就值得去做，就能让生活充满希望！

英雄，美人

英雄，霸王；

美人，虞姬。

长剑，铠甲，英雄心；

轻纱，流苏，美人舞。

“力拔山兮气盖世，时不利兮骓不逝。骓不逝兮可奈何，虞兮虞兮奈若何！”歌声中，美人血溅珠喉，香魂归于渺渺天际。漫山遍野的悲怆音符，凄凉无限；漫山遍野的生死别离，痛楚无边。

英雄泪盈满目，顷刻间，阴阳两隔，四面楚歌，悲无从诉。

奈何？奈何？

美人，心似莲花。既然生，就生如夏花；淡然死，就死若秋叶。

不悔当初与君识，仙姿袅袅飘落，剑锋刺入香肌。身不得，男人列，心却比，男人烈。

乌江边，薄雾朦胧，乌骓骁骑驻足，腾空向天嘶鸣。

江畔，一艘小船。仅剩的二十八个生死兄弟："愿大王急渡，江东虽小，地方千里，尚足自王。"

马上英雄仰天怒吼，剑指苍穹！以震撼山河的悲壮，结束了自己三十一岁的生命，宣告了他最终成为刘邦的手下败将。

乌骓晶亮的眸中，淌下旷世未见的血泪……

铠甲失去光芒，鲜血涂污浸透。

那是美人的血，

那是敌人的血，

那是英雄的血……

英雄，美人，

一个遗恨于乌江故渡，

一个落寞于战地荒冢。

一个不愿独生，

一个不愿后死。

一个死于爱人眼前，

一个死于部下眼前……

想七年前，在漳河，击沉战船，砸碎锅碗，烧毁军营，背水一战，义无反顾。

统帅有狮子般的雄心，士卒就有咆哮的勇气；

统帅有吞吐天地的豪气，士卒就有所向披靡的力量。

于是，中国历史上才有了一个"破釜沉舟"的故事。

拿破仑败了，败在滑铁卢，可并不妨碍他成为英雄，一直被世人记得。

楚霸王败了，婉约的李清照荡气回肠：“生当作人杰，死亦为鬼雄。至今思项羽，不肯过江东。”

一个悲情的英雄，一个血性的英雄。

天地浮浮沉沉，春秋来来往往，朝代更更替替。

英雄成尘，宝剑成泥。那一场铁马冰河的噩梦，已永远凝固在时光深处。比梦还深的大地，掩埋了英雄的过往，美人的身世。

要碎，就碎得光明磊落；要爱，就爱得没有缝隙；要死，就死得晶莹剔透。

曾经争霸的楚汉，已在世局的起落中泯灭，只有这英雄、美人的故事，还时时挂念于人们的脑海唇齿之间……

第二辑　海天片羽

善待他人，可以让人生走得更远；善待自己，可以让生命活得滋润。

我们常羡慕别人的幸运，却不知那是别人坚持了很久才发出的光芒。我们常羡慕别人的美好，却不知那是别人默默付出了很多才积攒的运气。只有努力到足够，幸运才会与你不期而遇。

只有自己简单，才能感知身边的清朗；只有自己善良，才能感知身边的美好；只有自己坦荡，才能逍遥地生活在天地之间。

生命，只有互相敬畏才显神圣；道路，只有互相扶持才能走得更远！

黄金中年

中年，是人生的黄金时期。历经人世沧桑，过滤了荣辱兴衰，尝遍了酸甜苦辣，不再吞吞吐吐，亦不会咄咄逼人。看大人物，不再神圣；当小百姓，不自轻自贱。心中多了自信自爱自尊自强。今天给我个职务，不会浪费这个位子；明天让我下岗，华丽转身绝不拖泥带水。

黄金中年，懂得活着就是一个心情。明白了不会来的不盼来，不该想的不去想，不可求的绝不求。历练出不急不躁的生活外观，不温不火的性格内里。朋友有好事，报以热烈掌声；同事有麻烦，绝不幸灾乐祸。人生的目标，慢慢调拨正了；心底的欲望，渐渐变得实际。生活常似一杯白开水，饮下清白，人品自然清白。

黄金中年，才能真正深刻地领悟到人生的责任和意义，才能真正智性大于智慧。智性是大智若愚、大音希声的浓缩，是现实取代了缥缈之后的稳定，是“猝然临之而不惊，无故加之而不怒”的成熟与冷静。

黄金中年，学会了在生活的琐碎中寻找简单的快乐，在枯燥的岁月中感受平淡的幸福。尽管这些快乐和幸福像火柴划出的光芒，短暂而微弱，但在心中，依然摇曳出蓬勃而永恒的春意。也许，有时在生活的夹缝中，活得有点委曲求全，但也成全了自己，平平稳稳地过着自己的小日子，平安就是福。

黄金中年，看多了人生舞台上的起起落落，风云变幻。有些人昨天还风光无限，今天却黯然失色。明白了，一个人最大的朋友是自己，最大的敌人是自己，最大的恐惧是自己，最大的贪婪也是自己。正所谓“得失皆进退，无为而致远”。

黄金中年，事繁勿慌，事闲勿荒。虽然青春不再，但气韵不可缺。困住一个人的，从来不是年龄和身份，也不是能力和资源，而是格局和观念。每个年龄段，都要做恰到好处的自己。

黄金中年，善待他人，可以让人生走得更远；善待自己，可以让生命活得滋润。无论善待谁，其实都是温暖在流转，都是爱在绵延，最终，施及别人，惠泽自身。善待其实很简单，有时候，就是一个亲切的姿态，就是一种温和的态度。

黄金中年，喜欢你的人给了你温暖和勇气；你喜欢的人让你学会了爱和自持；你不喜欢的人教会了你宽容和尊重；不喜欢你的人让你收获了自省和成长。没有人无缘无故出现在你生命里，每一个人的出现都是“缘份”，都值得“感恩”。

黄金中年，不吃闲饭，不看冷脸。不掩己拙，不揭人短。不失童趣，不露媚颜。不笑人穷，不欠人钱。不求人喜，不招人烦。不要人夸颜色好，只留正气在人间。

无论去哪里，都带上自己的阳光

央视四套《人物》栏目，曾经介绍过国学大师文怀沙老先生。

当时，文老九十二岁，在聊到人生观时，他说："我心中所想，都是那些美好的东西。我愿意看的，也都是那些美好的东西。我从来不把那些倒霉的事放在心上，始终保持乐观的生活态度。"

文老讲了一个真实的故事：

有一年，他生病住院，专家对他进行全面检查后，告诉他，肝癌晚期，已经肝硬化。他问专家，如此还能活多久，专家说最多一两个月。

文老听后沉默了，他忽然用手在大腿上掐了一把，感觉很疼，心想：我的知觉还这么好，怎么可能最多两个月生命就结束了呢？

想到此，他突然放声狂笑。医生护士吓坏了，以为文老听说来日无多，吓出神经病来了。

文老笑毕，坦然地对医生说，给我开些药，立即办理出院手续。

文老出院后，携夫人开始旅游。他完全忘却了面前的死亡之路，陶醉在美丽的山水中流连忘返。两个月的生存极限过去了，半年过去了，一年过去了，当两位老人回到北京，再去医院检查时，奇迹发生了，文老的肝癌病灶不见了！

斗转星移，2018 年 6 月 23 日，文老以一百零八岁高龄仙逝。他的经典养生句子读来很有意思：

“少要沉稳老要狂，少时不稳小流氓，老来不狂病殃殃。”

每天都要吃两片药，早上一粒“知足”，晚上一粒“感恩”。

文老说他最大的养生秘诀就是：无论去哪里，都带上自己的阳光。

带上自己的阳光，常常微笑。生活中，经常会遇到不开心的事，当你选择微笑面对的时候，整个世界都亮了。微笑是最动人的语言，是善意，是温情，是关爱。微笑的力量，在任何时空，都直抵心灵。

带上自己的阳光，心态豁达。柴米油盐的琐碎，被人误解的冷嘲热讽，都会让人的精神压力越来越大。少些抱怨，豁达一些，想开就是完美人生。内心豁达才能处事不惊，想法简单才能逍遥自在，足够淡定才不会患得患失。

带上自己的阳光，体贴家人。家，是我们每个人的出发点和目的地，家人，陪伴我们生命的最初与结束。抽出时间，多打电话问候，多为家里做一些家务。对待家人虽无须费心，但不能不用心。每个人都是大海上的一叶扁舟，家人是舵、是桨。好好对待家人，怀感恩心，说舒心话，做体贴事。

带上自己的阳光，乐于助人。每个人都不是孤岛，小小的善意会将我们连成坚固的大陆。一个拥抱，一程陪伴，一次援手，一眼鼓励，我们付出的一点点温暖，都能驱散这个社会的冷漠。给别人的点滴帮助，都像一股涓涓的暖流，会流进他人渐渐寒冷的心。

带上自己的阳光，内心坚忍。经历过磨难，才能形成坚忍的性格。你的人生不会辜负你，那转错的弯，流下的泪，滴下的汗，都会让你成为独一无二的自己。生命中的每个转弯，都是为了走到更好的路口。

带上自己的阳光，活在当下。把握你力所能及的，拥有当下。即使你失去了朝霞，你还可以看日落；即使你错过了日落，你还可以赏月光。认真地过好每一天，昨天是历史，明天是迷雾，只有今天才是上天赐给的礼物。

从今天起，从现在起，无论去哪里，都带上自己的阳光。

忘却年龄，

忘却烦恼，

玩得要爽，

打扮要美，

姿态要好。

人生最好的时光，从你成为最好的自己开始！

实话实说是一个人最大的道德

有人问萧伯纳，你写喜剧如何让观众发笑？这位戏剧家回答，实话实说。

萧翁所言非虚。

> “未来取决于梦想，所以赶快睡觉去。”
>
> “金钱并非一切，还有信用卡呢。”
>
> “人应该喜欢动物，因为很好吃。”

这些话都出自萧伯纳。

萧伯纳能成为非常叫座的戏剧家，并非仅仅因为实话实说，还因实话说出来人人爱听。

大剧作家莎士比亚更是实话实说。

“闪光的并不都是金子。”

“不要借钱给朋友，否则你会既失去金钱，又失去朋友。”

“我荒废了时间，时间便把我荒废了。”

“和一个男人相处，多了解他而不必太爱他；和一个女人相处，应多爱她，别试图完全了解她。”

“大多数的人一辈子只做了三件事：自欺、欺人、被人欺。”

“勤劳一天，可得一日安眠；勤奋一生，可永远长眠。”

实话实说是文学艺术作品的亮点，实话实说也是诚实做人的基本要求。

看到一则史料：1968年召开的八届十二中全会上，刘少奇被戴上三顶帽子：叛徒、内奸、工贼，被开除出党。胡耀邦后来讲，在这个会上所有的人，包括我在内都举了手，只有一个人叫陈少敏，她把头埋在胳膊弯里趴在桌子上，不举手。后来康生阴沉着脸问她，你为什么不举手？陈少敏说，这是我的权利。

仅仅是一个沉默的权利。

想起莫言那句话：当众人都哭时，应该允许有的人不哭；当哭成为一种表演时，更应该允许有的人不哭。

现实生活中，想做到实话实说，是需要有相当勇气的，要承受随之而来的憋屈、窝囊和痛苦，甚至要承受被怀疑、被孤立、被打击的后果。正因为如此，才出现了平时人们用真名讲假话、网上人们用假名说真话的现象。其实，许多所谓“敏感”的问题，不是没有人敢想，而是很少有人敢实话实说。沉默是保护自己的最好方法，因为在很多领域，有一些人喜欢揣着“老枪”，专门打那些实话实说的“出头鸟”。不打掉这些天真的“出头鸟”，他们又怎么能“上位”呢？

于是，最安全的办法是沉默和取媚。小人物想办法取媚于小领导，大人物想办法取媚于大领导。

不实话实说是一种伪忠诚，伪忠诚的人一定不会实话实说。比如一些教育者，用自己都不相信不坚信的东西，去教育被教育者，最后的结果是“教育”出了不少“端起碗来吃肉，放下筷子骂娘”的人。

实话实说才是一个人最大的道德。做人做事，不仅要有当荷花的气概，出淤泥而不染；更要有当梅花的傲气，大雪吐暗香。如果每天说的都是心口不一的话，实质上等于天天在造假，这些假，比起那些假货来，危害更烈。

一个人，一旦掉入红尘的大河，便会受到波浪的撞击，或载沉载浮，或随波逐流，有时候，的确由不得自己。

正因为实话难以实说，才更显实话实说的可贵！

实话实说是一种自醒，是一种个体的自醒，是一种人类的自醒。在完成自身生命圆满的道路上，实话实说是一座桥。踩着这座桥，人才会回归到自我。回归到质朴、真切、天然的自我！见山只是山，见水只是水，这才是做人真正的高境界！

有一种伟大，叫乐观

二十世纪九十年代初，我刚来北京时，被临时安排住在黄寺西院一个挂牌“丽华服装厂”的二层小木楼上。楼已经很破旧，踩上去嘎吱响的声音，给人感觉这楼随时会塌了。我住的小屋不足五平方米，一张床一个书桌就满了。

由于条件太差，无法将幼小的女儿接来，只能将她交给远在兰州的父母带着。睡觉时，多看几眼床头贴着的女儿照片，就是一种享受。

不久，二层楼上搬来一家人，男的是一位志愿兵，在机关开车，女的在家带孩子。他们有一个四岁多的儿子。看到人家的孩子，自然总想到自己的女儿。由于大家都早出晚归上班，即使在一个筒子楼里住，也难得见面聊天。

有个周末，他们夫妻抱着孩子出门，我正好在楼道里碰上，便主动打了招呼。没想到，男人怀里的孩子发出一声尖叫，吓了我一跳。孩子的异常，让我觉得他们一定有故事。

后来，接触多了，孩子妈妈告诉我，孩子两岁前，他们并没有发现异常，只是觉得孩子爱哭闹了点。有一次带孩子去看儿科医生，医生感觉不对，提醒他们做进一步检查。在北京找了医院检查，证实孩子是自闭症患儿。

他们曾在家中抱头痛哭，不敢带孩子出门，夫妻俩经历了一段愁云惨雾的日子。后来，他们彻底想通了，愁眉苦脸过也是一天，乐观开朗过也是一天。既然这个病没药医，那就把孩子当正常人养，珍惜和孩子在一起的每一天。

因为折磨，让他们懂得了在生命的夹缝中寻找阳光，而不是抱怨孩子的不足。孩子妈妈说得好："与其抱怨不如适应，与其苦恼不如乐观。"

有些经历会磨砺心智，让我们学会思索，学会反省，学会等待，学会调整。

一个人的格局，就常常是在痛苦和委屈中磨砺出来的，心胸越撑越大，慢慢就学会了淡然处之，从容自若。

有一种伟大，叫乐观!

俗话说，生容易，活容易，生活不容易。说得消极一些，活着累才是人生的常态。

大人物有大人物的如履薄冰，小人物有小人物的酸甜苦辣。那些爬得再高的人，能爬到哪儿去?"爬"成一个皇帝?"爬"成一个元首?有的人名字曾经那么如雷贯耳，不也一样灰飞烟灭没人提了?人人都希望自己永远昂首挺胸站着，但你会发现，那也很累，有时候也需要弯弯腰。

每个人都能选择善恶，选择悲观或乐观，选择权就在自己手上。对一个人重要的，不是生活本身，而是面对人生的态度。选择乐观的人，一定比选择悲观的人走得更远，走得更好，虽然人生的真相令人悲观。

加缪在《西西弗的神话》中讲："活着，带着世界赋予我们的裂痕去生活，用残损的手掌抚平彼此的创痕，因为生存本身就是对荒诞最有力的反抗。"

谁都不可能永远是世界的中心。有人粉墨登场，就有人悄悄离去；有人飞黄腾达，就有人黯然神伤。对你好的人，不管你怎样，他依然会对你好；对你不好的人，即使你攀附，他也不会对你有好脸色。

忙自己的事，说自己的话，走自己的路，让每一天都乐观一些。今天将成为明天的回忆、昨天的温暖。在每个易流逝的瞬间，遇到快意的事，不妨开怀，尽享良宵；遇到伤怀的事，也不妨泪下，酸甜苦辣，都是人生滋味。

其实人活着，乐观就好，开心就好。有饭可吃，有水可喝，有觉可睡，有衣可穿，有山可爬，有书可读，有事可做，有路可走，有人可伴，就是最好。

你好好的，家人好好的，一切也就好好的了！

外圆内方是一种人生境界

看到一枚古钱币，“口”居中，由此构成吾、唯、知、足四字共用一口的外圆内方字图。

这枚古钱币，实在不简单呢！

当年，黄炎培送给儿子黄大能的座右铭便是：“事繁勿慌，事闲勿荒。有言必信，无欲则刚。和若春风，肃若秋霜。取象于钱，外圆内方。”

外圆内方是一种难得心态。是风浪之后的沉寂、冷却和清醒，是落花有意、流水无情的顺于大道，是对比思考判断下的选择和价值感，是保持人格、自尊、德行之必需。

纷纷扰扰的世间，真正能在外部的物质世界面前横刀立马，不在乎饭碗，无所谓上司，不权衡利弊得失，不在意人际关系好坏，只关照自我内心的人，大概是活得最为潇洒的人，但这样洒脱的人又有几个呢？大多数的人，都活得比较憋屈委屈。

有人自嘲地开玩笑说，人无耻地活在这个世界上，就是准备无休止地向生活妥协和投降，取悦别人，成全自己。当然，也有人曾试着想挣脱这种束缚，做自己的主人，过睡觉睡到自然醒、数钱数到胳膊疼的生活，做自己的老板，不看别人的脸色。然而，所有的努力，不过是一个简单的轮回，很多时候，你依然会回到原点。也许，这种无奈的确有点委曲求全，但正是因为这种妥协，在备尝了取悦别人的乏味和枯燥之后，一转身，竟也成全了自己，平平稳稳地过完了一辈子。

外圆内方是一种人生境界。歌德在《浮士德》中写道："若自己心中无神的话，怎能膜拜无上的神？"同样，如果自身在嘈杂的环境和氛围中没有"定力"和清静之心，又怎能不随波逐流？"芭蕉叶上无愁雨，只是听时人断肠。"

人生之旅总会遇到一段难以摆脱的黑暗，有长有短，有大有小。这种黑暗对个人来说，是命运中的一个插曲，诸如事业受挫、小人诬告、身患疾病等等，对他人而言微不足道。然而，经历过这段黑暗的人，心境心态是不同的，因为这段黑暗是一种对心智的巨大考验。能从黑暗中走出来的人，就是自己的英雄，任你利、衰、毁、誉、称、讥、苦、乐八风吹来，自有定力岿然不动。这是一种认识了苦恼，化解了苦难，过滤了心情，组合了情绪，升华了思考的生命过程。北京昌平十三陵水库坝东边蟒山国家森林公园里有两句话写得好："心地阔朗宠辱皆忘，一时得失何足道哉。"

不知为什么，我常想起柳宗元《江雪》一诗："千山鸟飞绝，万径人踪灭。孤舟蓑笠翁，独钓寒江雪。"许多人说这是诗人失意心态的写照。可我并不这么认为，人难免不失意，失意时不失人格，不失风骨，不失高洁，才可勇敢地独居寒江，成为高天银雪世界的自持者。

外圆内方是一种生存艺术。四字共用一"口"的外圆内方古钱币，告诉我们，口多嘴碎，有伤和气，反之，口少善独，少惹是非。口少讲究个“独”的艺术。

独坐，是门功课。行到水穷处，坐看云起时。这是一种豁达而悠闲的心境。生活，有时候需要避开过分的热闹，喧嚣中产生不了思想。

独斟，是种境界。举杯邀明月，对影成三人。左手书右手杯，品一品生命的酒到底有多少度，自己赐予自己一份美妙。

独行，是种勇气。把自己的脚印甩在身后，人在精神独行的时候，会与自己的心灵对话，也许是寂寞的，但绝不会感到空虚，灵魂会走向成熟。

余秋雨曾写道：“成熟是一道明亮而不刺眼的光辉，一种圆润而不腻耳的音响，一种不再需要对别人察言观色的从容，一种终于停止向周围申诉求告的大气，一种不理会哄闹的微笑，一种洗刷了偏激的淡漠，一种无须声张的厚实，一种并不陡峭的高度。勃郁的豪情发了酵，尖利的山风收住了劲，湍急的细流汇成了湖……”

当一个人掌握了外圆内方的生存艺术，拥有能够完成生理、心理上的自我修复、自我疗养的本事时，他将如鱼得水，无往不胜！

感受贝多芬

冬去春来，日子在忙忙碌碌中不知不觉溜走。很久没有与自己喜欢的古典音乐约会了。

静静的夜晚，谛听着贝多芬那一首首撼人心魄的交响曲时，就仿佛听到了一个虽然被命运之神所困扰却毫不畏惧和屈服的灵魂的咆哮，一个虽然屡遭磨难却从未示弱和退缩的强者的愤怒呐喊，又仿佛看到了一个时而慈祥、时而暴怒，时而平静如水、时而炽热似火的老人的欢唱、奔走、呼号。这个头发浓密而又蓬乱、衣着随便得几近邋遢、前额宽广、双目炯炯的孤独者，怀着深情，注视着田野、河流、山脉、牛羊，伸出苍老而又发颤的手，久久地、久久地抚摸着眼前的景物：土地、花草与树木……继而，滴下一串串泪珠。

我似乎能从音乐中感受到，一个粗犷而又嘶哑的声音在向人类绵绵诉说着自己的衷曲，倾吐着内心的忧戚与悲伤、愤懑与不平、希望与绝望……

人们曾经把贝多芬比作一头猛狮，因为他蔑视权贵，刚直不阿，有时简直倔强得令人吃惊。他遇见皇族贵戚不屑让道，而是背着手高视阔步地从他们中间穿过；他对外表温文尔雅，常常出入宫廷不惜以作品迎合取悦上流社会的那些音乐家，毫不留情当面贬斥；他对那些企图利用他的天才和智慧，为自己涂脂抹粉的庸俗绅士和无聊政客们不屑一顾……难怪他的音乐，那样雄壮、那样纯净、那样清新，原来在他灵魂深处，在他身体的每个细胞内，没有一丝一毫的污秽和俗气，没有一点一滴的奴颜和媚骨……

有人说贝多芬是不幸的化身，他的性格，他的行为，他的灵魂为这个世界所不容，所以将蒙受常人难以忍受的痛苦和灾难，包括对一个音乐家来说最致命的打击——耳聋。当他的作品受到成千上万观众热烈欢呼时，自己却听不见，面朝乐队呆呆地站在台上，不得不让人牵着转向观众……

两百多年过去了，放在今天，放在当下，贝多芬的命运又会怎样？纷纷扰扰的世间，又有几人敢像贝多芬那样，在物质世界面前横刀立马，不在乎饭碗，无所谓权贵，不权衡得失，不在意人际关系好坏，只关照自我内心？

于是，有人开玩笑说，贝多芬是天才，但我们这个社会不需要这样的天才。不是所有人都会朝着既定目标前进，很多人不得不选择另一条路，为适应社会而放弃自己的初衷，向生活妥协和投降。也许，这种无奈的“韧”的精神，在生活的夹缝中，的确有些委曲求全，但正是因为这样一种妥协，也成全了自己。

当代人比贝多芬活得聪明多了！不是吗？

夜晚，属于胡思乱想的时候。贝多芬的音乐已成为不朽，已成为丰碑。一切世俗的角逐与喧嚣，一切廉价的颂扬与赞美，都显得那么渺小，那么卑微，那么不足挂齿。无论时代怎样发展，贝多芬生命的潮水将永远在千千万万人的胸中奔流，他灵魂的光芒将永远在千千万万人的上空闪耀。

如果因为挫折和不幸，对生活产生怀疑，那么就去听一听贝多芬吧！

如果因为沮丧和失望，对命运心生消极，那么就去听一听贝多芬吧！

如果因为空虚和寂寞，对生活失去耐心，那么就去听一听贝多芬吧……

音乐里没有篱笆，没有指手画脚的权威，没有拒人千里的冷漠，所有的困惑、欣慰、焦虑、思考，都会在聆听天籁中变得明确和纯净。

人类的心灵需要思想，永远甚于物质！

舞　者

舞蹈艺术最能体现人体美的巨大魅力。线条的流转、动作的和谐、皮肤的色泽、肌肉的弹性、眼神的顾盼、眉目的颦笑……造型艺术的精华几乎都蕴藏在舞蹈美之中。

跳舞的妹子有多美？站如一枝亭亭玉立的荷花，行如一缕轻舒曼卷的烟霞……泰戈尔曾赞美她“用一转的秋波，你能从诗人的琴弦上夺去一切诗歌的财富。美妙的女人！”

舞者是美的化身，而美是有趣的。但正如“趣”字的构成那样，必须靠自己“走”着“取”得。

大地上，也因而留下许多舞者渗透苦涩与甜蜜的蹒跚屐痕……

一天不练自己知道，两天不练同行知道，三天不练观众知道。舞者的美，是在汗水泪水中浸泡出来的，是在孤独寂寞中塑造出来的。甘于寂寞者将来不会寂寞，不甘寂寞者将来反而会寂寞。

对舞蹈情深意笃的人，往往有超乎常人的忍耐力。为了舞台，她们心无旁骛："独上高楼，望尽天涯路。"为了观众，她们甘忍伤痛："衣带渐宽终不悔，为伊消得人憔悴。"

成为舞蹈家的毕竟是少数，更多的舞者需要默默耕耘。在你无所成的时候，面对别人对你的忽视漠视轻视藐视鄙视蔑视不必太在意。只需记着："临渊羡鱼，不如退而结网。"当你有所成的时候，面对别人对你的仰视重视媚视妒视侧视敌视又何必太认真？只需想到：一个人的价值在未来不在过去。

海水有潮汐，人生有潮汐，艺术也有潮汐。

它们似乎起落无定、来去莫测，然而一定受着规律的支配。

你的环境就是你的基地，创造无限；你的舞台就是你的天地，燃烧生命。

舞者是美的发现者、采撷者、酿造者。她们把人体之美，荟萃于艺术作品之中。人体的屈伸、摆动、旋转、跳跃、翻滚、碰撞，谱写出造型美的奇妙乐章。

每一名舞者，都是一粒结构相似的美的结晶，更是一个特色独具的美的精灵。

艺术家是大地的热情奔放的爱人，是拥抱人民生活沃土的大树。"举精神之旗，立精神支柱，建精神家园，都离不开文艺。当高楼大厦在我国大地上遍地林立时，中华民族精神的大厦也应该巍然耸立。"

舞者任重道远，愿舞者用自己生命的细胞和汁液，结出压弯枝头、香气四溢的艺术之果！

舞蹈汉子有多帅？那宽厚的胸膛、健壮的手臂、隆起的肌肉、黝黑的皮肤，蕴含着巨大的爆发力、抵抗力、张力和动力。

站起是一座挺拔的高山，躺下如一条壮阔的大河，奔走像一串滚动的惊雷。

海明威在《老人与海》中这样写道：“你尽可以把他消灭掉，可就是打不败他！”舞蹈汉子的美不在表面的强悍，而在于蕴含在他肢体中的阳刚、不屈、信念、毅力、智慧、忍耐的语言，那是他独有的美。

石蕴玉而山辉，水怀珠而川媚。正因舞蹈汉子的肢体充满了精、气、神、力，才会有令人折服的内在美，才会成为具有吸引力的磁场，才会具备一种无形但可感的不可抗拒的美的魅力。

舞蹈汉子需练就一身钢丝神经，面对诋毁不能在意别人怎么说你、怎么看你，那些都是阳光中的尘埃，别让它阻碍了你望远的视线，拖住了你前行的步履。要坚信，你就是你，别人永远无法插足与改变。

自信则人信，

自助则人助。

自卑则人卑，

自戕则人戕。

给自己装上一部精神马达，是火把就吐烈焰，是流萤就发微光。量力以求，不卑不亢，既坚且韧！

无癖之人，无味之人。循规蹈矩的“高才生”创造能力也许不及那些有缺点的“怪癖人”。创造的愉快是人生最大的愉快，创造之美是艺术世界的美中之美。在创造一个美的世界的同时，去塑造一个美的自己！

让梦的精灵从肢体上勇敢自由地飞翔。

去与夜风微语，

去同晨露亲吻，

去拥抱满天星斗，

去装点美的年华！

人生大舞台，舞台小人生。不敢梦想的人只能与平庸为伍，只耽于梦想的人也等不到奇迹降临，用汗水滋润血泪浇灌的梦想，一定会结出丰硕的果实。

艺术是一种精神创造。创造就意味着新的突破和开拓。

有特点才能引人偏爱。舞者创造的美韵，令人舒适、轻松，但舞者更要追求个性的审美趣味，在更高的层次上表达分寸美，真理之川会从谬误的沟渠中流过。泰戈尔在《飞鸟集》中说：“如果你把所有的错误都关在门外时，真理也要被关在外面了。”

打破平衡，追求奇险。

否定流畅，寻找枯涩。

告别舒缓，迎接刺激。

跳出期待，扑向惊讶……

历史上凡是有成就的舞者，一定是最具有探索精神并敢于突破自我的舞者。

“嫁接”的艺术

看到一则微信“我把四季用来等你”，图文很唯美，令人赏心悦目。仔细一看，发现是吴冠中早期的江南水乡作品。

对吴老的作品，我应该说一点不陌生。他最大的一幅作品，就挂在我曾经工作过的总政歌舞团中国剧院的贵宾室内。

1994年，我调进歌舞团，初见这幅巨大的画时，很惊讶，因为它占据了整整一面东墙，起码有七八米高、十多米宽。据说是1983年中国剧院落成时，吴冠中先生专为中国剧院创作的。

画面上是一棵稀稀疏疏、病病歪歪的枯松。迷蒙的色彩，静寂的天空，偌大的画面只提炼出一枝古松寂然兀立，看不出有什么美景画趣。每次我走进贵宾室，看见这幅画就忍不住琢磨，他到底要表达什么？

我曾私下给这幅画起名“枯木逢春”。我总觉得，在这幅凄清的画面里，似乎藏着某种只有作者才能解读的奇异力量。画家笔下的枯枝，是树又不是树，透着沧桑、尘埃、岁月、哲理。我总在想，这枯枝的生命到底是开始还是结束？说实话，到现在我也没琢磨透这幅画的意思。不过，这不影响我喜爱吴先生早年的作品，那一幅幅江南水乡的春夏秋冬，美得令人窒息。

你看，春天里，草长莺飞的季节，一片片姹紫嫣红，幽幽的小径，开满花的小树，花香淡淡地从静谧的画面飘出，沁润到人们的心里，暗香流淌。小亭一角，绿树红花点染了小院，鱼儿嗆香而醉。夏天来了，丝丝小雨，记忆中似乎也带着潮湿的味道，人来人往中，是谁的雨伞甩出了朵朵莲花？秋天到了，青石小路，风干了淋漓小雨，也风干了潮湿记忆。红色窗扉依旧，只是没有了听故事的人儿。冬天来了，银装素裹的世界里，袅袅而起的炊烟温暖怡人，那是生命的活力。

吴先生笔下的群山、河流、大地、云彩，皆安然自在，宛如一方净土，没有纷争，祥和泰然。那纤细的水草、朦胧的雨雾、窄窄的小巷，都是安静的典型南方建筑和景象，意蕴丰沛，大胆而细密，构成了神秘迷人的色彩世界。

每每看吴先生的作品，心里总有一丝疑问，这到底是一幅油画，还是一幅水墨画？它有油画的块面结构，又有水墨画的点线韵律。

油画——熔铸意向。

水墨——抽取魂魄。

吴先生在油画和水墨之间“走亲戚”，他把西方的抽象与中国的大写意、大概括结合起来，为水墨融进了现代感，为油画注入了民族性。他以南方人的眼光看北方的世界，以北方人的气魄画南方的山水。他把南方的婉媚与北方的遒劲恰当地融汇起来，形成了一个新的生命——“嫁接”艺术。

诗人袁枚说：诗含两层意，不求其佳而自佳。吴先生的画美在画外音、弦外声、文外意。

他的画空灵、透脱，只可意会不可言传。

他的画犀利、筋络，天马行空行云流水。

民族化的油画，现代化的水墨，这就是吴冠中先生“嫁接”艺术的独特之美!

如果你有空，就去中国剧院看看那幅少有的巨画吧，相信你一定会有自己的解读。

世界以痛吻我，我要回报以歌

喜欢泰戈尔的这句诗：“世界以痛吻我，要我回报以歌。”

如果颠倒其中的两个字，这句诗，就突然多了大胸怀、大气度：“世界以痛吻我，我要回报以歌。”

无论是工作中还是生活中，我们常常会遇到这样的情景：过分地赞誉，绝不会招怨；轻微地批评，倒可能结仇。我们常常会遇到误解、慢待和不被尊重，甚至有可能遭逢不公、陷阱以及暗箭冷枪。

伤心、抱怨、愤怒、悲观、消极？如果这些情绪不加控制，任其肆意蔓延，会让自己越来越不开心。

马德说：“不要在一件别扭的事上纠缠太久。纠缠久了，你会烦，会痛，会厌，会累，会神伤，会心碎。实际上，到最后，你不是跟事过不去，而是跟自己过不去。无论多别扭，你都要学会抽身而退。从一处臭水沟抽身出来，一转身，你会看见一棵摇曳的树；走几步，你会看见一条清凌凌的河；一抬眼，你会看见远处白云依偎的山。不要因为一条臭水沟，坏了赏美的心境，从而耽误了其他的美。”

摩西奶奶是美国著名的多产画家之一，她七十六岁开始拿起画笔，大器晚成。她常说：人的一生，就好像我每次画画时，选择用什么颜料一样，当你选择了明亮的色彩时，你的人生便如同一幅美丽、让人心生希望的画作一样。但是，如果你选择了暗沉的灰色或者黑色，那么你的人生便也一片黑暗。

摩西奶奶选择了明亮的生活，老人家给我们的人生启示就是：通往梦想的人生之路，不过就是在柴米油盐的庸常琐事中，自己独守一份执着，坚持保留自己的一片天地。真正地爱自己，不是去牺牲掉所有的时间和精力，去打拼什么辉煌的未来，而是在当下，努力去做自己喜欢做的事情，让自己的内心充盈着喜悦，让当下的每一天，都以自己喜爱的方式度过。

当一个人在决断利益分配时，在争取荣誉名利时，在选择个人发展道路时，如果把面子、荣誉和前途当作唯一利益需求，他就离快乐开心越来越远了！当良知、真实和真情成为社会上的稀罕物时，沮丧不满就成了我们身边的常客。

我所在的小区有一位老太太，她平时捡些易拉罐、纸箱之类可以卖钱的废品。也许，在一些人眼里，她生活落魄，该享受的年纪，依然承受着人世的寒冷和凄凉。但我发现老太太总是神态怡然自得。从她身上，我看到了做人的庄重，即使落魄卑微，自己还是要认真庄重起来，不能失了生命的本分。

世界以痛吻我，我要回报以歌。正因为老太太拥有健康的精神，她的人生中自然就少了怨天尤人，少了对世界和人生心怀恨意，精神自然多了坚韧质地，生命自然多了从容镇定。

择取“世界以痛吻我，我要回报以歌”的生存姿态，藐视财势、笑看是非，与贪婪、纷争、功名、利禄、世俗保持一定的距离，自乐就会源源而来。

众说纷纭下的断想……

真相

事件发生了，听到了许许多多关于事件的，形形色色的说法。事件发生了，最应该做的，是找到关于事件的真相。一件事，有一千种看法；一件事，有一万种说法。真相，却只存在一个。不是吗？

舆论

它是无形的，如同风，常常会有意撩起你的秀发；它是有形的，如同雨，即使已经有了判决的雨伞，也常常会打湿你的外套。风和雨，你无法改变它，可它却随时随地在影响着你。

公平

公平与正义，固然不是全由法官们来决定，但法官们的素质和作为，的确会对百姓的命运产生重大的影响。能不能使百姓的幸福指数更高，既要看全民在物质和精神财富上的创造状况，也要看法治管理人员的素质和管理状况。掌控权力，既受到权力的泽被，也受到权力的掣肘。

时代

这是一个最好的时代，好人很多，却少有善报；这是一个最坏的时代，坏人很少，却总要在强大舆论监督下，才有可能受到惩罚。什么是伟大的时代？就是小人、恶人没有市场的时代，就是谁也不把小人、恶人放在眼里的时代。

底线

做人要有底线。没有了底线，企业就会弄虚作假，学者就会指鹿为马，裁判就会大吹黑哨，官员就会贪赃枉法，警察就会刑讯逼供，法院就会草菅人命。守住底线，就是守住生命线。

良知

有一位法官说，自己睡眠不好，有时候，会被夜里的电话铃声惊醒；有时候，会被噩梦唤醒。真希望，某一个凌晨，唤醒他的是——良知！这个世界，在法律之外还有良知。当法律和良知冲突之时，最高的行为准则是良知，而不是法律。

悲哀

悲哀不在于，流过多少血，洒过多少泪，逝去多少青春，牺牲多少时间。真正的悲哀在于，苦苦努力，为之奋斗的“努力让人民群众在每一个司法案件中都感受到公平正义”这一愿景距离我们依然那么遥远。

尊严

于欢如同一株草。如果每一株草都能为保护母亲挺直了茎秆，昂扬起尊严的头颅，大地上的风景就不再是匍匐的草坪，而是雄阔恢宏的草原了。母亲需要一个至情至性的儿子，时代需要一个铁骨铮铮的男人。

趋光

人类总是向往美好和光明，无论讴歌美好还是揭露丑恶，目的都应该是推动社会进步。有些事，大家其实看得很明白，虽然隔了一层窗户纸；有些人，大家其实很了解，虽然隔了一层窗户纸。窗户纸不厚，可捅破它，却需要强大的舆论监督。全媒体时代，真理不能在浮躁的媒体介质中浮躁，真真假假的微博、微信忽悠起哄，更需要冷静量裁，更需要趋光而行。

相信

不消沉，是相信大地不会倾斜；不颓丧，是相信希望不会幻灭；不抱怨，是相信良知不会缄默；不退缩，是相信真理不会断裂。我们始终相信，对人性的尊重与理解，对理想的坚持与赞美，对奉献的肯定与讴歌，对公平的期待与呼唤，对未来的向往与憧憬，都将是人们共同的追求。

拥有金山银山，不如有个好心态

人与人之间最深刻的区别，不在职业，而在心态。心是血之海，心的质量就是人的质量。

有些人，在包罗万象的世态中喜欢算计琢磨，隐藏自己或夸大自己，搞得心情很累。有些人，弱水三千取一瓢饮，活得率真快乐大气磅礴，境界很不一样。其实，每个人都有长出好心态的土壤，就看自己是否愿意花些气力去耕耘。

一个人，关键的不是富有，而是要变成一个健康阳光善良的人，变成能接受快乐信息的人。

心态不同，眼里的世界、身边的声音都是不一样的。一片原野，我看到的是枯木能逢春，你看到的可能是一片空落；远处传来歌声，我听到的是春之声，你听到的可能是一片喧哗；我眺望的是内心，你抚摸的可能是残缺。

我们辛辛苦苦来到这个世界，不是为了看那些不美好而伤心的，我们生下来的时候就已经哭够了。所以，不要把时间再浪费在情绪低落上，浪费在孤单上，去爱、去恨、去闯、去梦。要么像辣椒一样有脾气，要么像白菜一样有层次，要么像莲藕一样有心眼。如果做不到，当一根擀面杖也行，至少直得令人放心……

活得再优秀，也不可能万事无忧。

活得再聪明，也不可能事事都懂。

活得再豁达，也不可能没有烦愁。

活得再漂亮，也不可能没有凄凉。

活得再潇洒，也不可能路路畅通。

生活，就是生下来，活下去。

珍惜眼前的人，做好眼前的事。

从现在开始，帮自己一个忙，不再在乎外人的目光，不必在意他人的评价，为自己活着。

从现在开始，帮自己一个忙，做喜欢的事情，爱最亲近的人，抛弃伪装的面具，不再束缚情感的空间。

从现在开始，帮自己一个忙，卸下所有的负担，忘却曾经的疼痛，抚平心灵的创伤，让自己活得轻松而充盈。

心态不好，人生易老。有什么样的心，你就是什么样的人。不怕容颜沧桑，就怕内心苍老。一颗苍老的心，如同日暮的黄昏，看不见光明的滋生，只有黑暗在蔓延。心的苍老，带来人生的绝望，而绝望如尘土，一层层，埋没了才华，苍老了岁月。心态年轻，人就越活越年轻！

给自己一个方向，哪怕不能地老天荒；只要心有所向，万事无法阻挡。拥有金山银山，不如拥有一个好心态！

执着，会让收获源源而来

有则寓言故事——

公园的池塘里生活着一群青蛙，它们每天自由自在。一天，一只青蛙突发奇想：若能爬上旁边高高的铁塔，到顶上看一看该多好！它的想法得到大家一致认可。于是，青蛙们浩浩荡荡向铁塔出发了。

青蛙的举动吸引了游人的注意，有些人佩服它们的勇气因而给予肯定和鼓励，更多的人则指手画脚冷嘲热讽。

在人们的不断打击下，一些青蛙放弃了努力，重新回到生活惯了的池塘，还有的反过来嘲笑自己的同伴。爬铁塔的青蛙越来越少，到最后只剩下一只，在艰苦地努力地向上爬。

它终于爬到了塔顶，看到了其他青蛙不可能看到的美丽风景。于是，它被奉为青蛙中的英雄。很多人问这只青蛙，是什么力量支撑着它坚持到最后？出人意料的是，这只小青蛙竟然是聋子。因为它听不见别人的讽刺与挖苦，只是认准了目标，努力努力再努力，坚持坚持再坚持，最终到达了成功的峰顶。

其实，人的一生何尝不是如此？在追逐梦想的路上，会遇到相信的怀疑的，赞成的否定的，讽刺的挖苦的，理解的干扰的，各种不同的声音。许多人不是倒在艰苦的困难面前，而是因为太在乎那些消极言论，被这些东西所左右，最终放弃了自己的梦想。

那只登顶的青蛙的成功得益于它的生理缺陷，我们聪明的人类在追求梦想的路上，不妨也试试让自己当一回聋子，将那些影响情绪的消极言论拒之耳外，心无旁骛，朝着心中的目标努力。老天爷喜欢聪明人，但更会奖赏那些执着的人。

执着地做好一件正确的事，收获一定会源源而来！

在自己无所成的时候，面对别人的忽视、漠视、藐视，不必太在意；在自己有所成的时候，面对别人的重视、妒视、敌视，也不必太认真。

人类社会的实践历来是，当一个执着优秀的人得到公认时，他总会成为一些人攻击的目标；假如他很平庸，肯定不会有人在乎。优秀的人遭到冷嘲热讽不足为奇，不论这叫喊声多么刺耳，真理都会告诉我们：

丑陋的、肮脏的，终将被人唾弃；美好的、伟大的，总会流芳于世！

有一种温暖叫无言

曾经看过不少关于动物的摄影作品，那温暖的瞬间，能让心为之融化。

人与动物不同，无论我们对动物怀有多么深的同情和怜悯，也无法抹平人与动物之间的真正沟壑。那是一条造物主造出的沟壑，是大自然的残酷法则所在。发生在动物身上的那些温暖瞬间，其实也是人类的美好心灵所在。可不知为什么，有时会感到这种温暖正渐行渐远。物质生活越来越发达，可人与人之间的情感却越来越冷漠了。

狄更斯评价法国大革命："这是最好的时代，也是最坏的时代。"这句话经常被人引用来评价当下。世界花花，人世喧嚣，可还是有许多人感到心灵孤独。一个单元楼里进进出出几十个人，大家彼此之间基本是陌生的，甚至一层楼的邻居，住了多年也不知对方是干什么的。我在想，这是不是与大都市楼群太多太高挡住了日出日落有关？空间狭窄，车行如蚁，噪音不歇，钢筋水泥墙壁冰冷冷，也让人们之间的情感冰冷冷。

常常怀念小时候一群孩子玩耍的那种“集体欢愉感”，常常怀念在遥远边疆的岁月，视野开阔的大漠带给我们的坦荡和旷达，浩渺天空赋予我们的深远和大度。那时候，虽然物资不丰富，可我们精神富有，人与人之间不虚伪不油滑不憋闷，实实在在，本本真真。

经常会听到有人喊累，不是因为体力上的付出，而是心累。有副对子很形象：“生容易活容易生活不容易，人简单事简单人事不简单。”是啊，人不仅要战胜自己，还要防火防盗防小人。

工作生活中积累的矛盾与丑陋，会让人产生怨愤、忧虑、失望等情绪。因此，渴望与人沟通交流友爱，追求温暖光明真理，便成为当下不分男女老少、不分肤色民族的人们共同的期盼。

一个理想的社会，应该是大多数人抱有信心，彼此给予温暖的社会。

盈一抹微笑，将岁月打磨成人生枝头最美的风景。道一声问候，在温暖别人的同时，也慰藉自己。多一点帮助，举手之劳成人之美，赢得人际的融洽与和谐。如此点点滴滴，都会令我们欣慰。人们交流的目的，不是为了显示谁更能言善辩，而是为了一份相互信任、相互吸引的温暖。

如果我们多为鲜花着锦，不为烈火烹油，一定会让我们生存的环境氛围更加和谐。多理解别人，多换位思考，多惺惺相惜……当大家都走出封闭自我的窄小栅栏，走出囚禁心灵的深深小巷，在与他人共享蓝天、草地，同沐阳光、友爱的同时，也付出真心、真情，这个世界该是怎样的温暖?

看一看动物之间，如冬天里棉花般的温暖瞬间，或许我们的内心会更加柔软一些。有时候，温暖不需要玫瑰钻石，不需要山盟海誓，只需要感受体会，只需要静默无言……

复杂的世界里，简单地活着

周末，又看了一遍《阿甘正传》。喜欢他做人简单，做事专注，目标纯粹，行动单纯。

在一些人看来，阿甘有点傻，甚至有些智力障碍。而在我看来，这是一种智慧。

当一群孩子要欺负阿甘的时候，他的女朋友告诉他，快跑！脚跛的他单纯地听从了，没命地跑，快得超过了正常的男孩。

球场上，教练告诉他："什么都别想，抢着球就跑！"他又单纯地听从了，结果他跑来个大学毕业证，跑成了"球星"。

战场上，他的上级告诉他："遇见危险就跑！"他再次单纯地听从了，结果不但平安归来，还跑成了"国家英雄"。

应了老子那句话："少则得，多则惑。"

单纯专一做事，其实更容易在某一方面取得成功。

简单不是浅薄、简陋，而是用心、专注。

这个世界聪明人很多，但是，再聪明的人都无法完全认清世间万象，运转再快的头脑也跟不上世间万物的变化。所以，才有了许多诸如“以静制动”“以不变应万变”“大智若愚”之类的生存智慧……

老子认为：“江海所以能为百谷王者，以其善下之。”意思是江海之所以能成为一切小河流的领袖，是因为它善于处在一切溪流的下游。

老子还说：“知其雄，守其雌。”意思是知道别人的雄强，自己安于雌弱，这才是最强的强者。

老子又说：“夫唯不争，故天下莫能与之争。”意思是正因为你不争，所以天下才没有人能和你争，这才是争的最高境界，才是“大争”。

阿甘上越南战场，从来没想要去当一个英雄，结果他成了英雄，还受到总统的特别接见。而阿甘的上级，出身于军人世家的上尉，从一开始就争取当一个战争英雄，为家庭争光，结果失去了双腿，被自己看不起的傻瓜阿甘救了一命。

生活中，最难做到的是简单。

一旦你做到了简单，你就能搬动大山。

简单的力量，源自纯粹。

世界原本简单，从最初的红黄绿三原色出发，形成一个五彩缤纷的世界。人的形成也是从一个简单的受精卵开始，经过十月孕育出生成人。天地间的万事万物都是从简单启程。

作家刘心武说：“在色彩斑斓的现代生活中，我们一定要记住一个真理，那就是活得简单才能获得心灵的自由。”

有些人，人为心役，终生在纷纭复杂、包罗万象的世态中挣扎，慷慨的背后是卑劣的猜忌，盛情的背后是可怕的虚伪，搞得做人非常辛苦。

有些人，心为我用，把对党的忠诚、对国家的热爱、对岗位的责任，付诸行动，在工作中表现自己的人格、官品，活得率真谦虚，大气阳光，境界真的太不一样。

只有自己简单，才能感知身边的清朗；只有自己善良，才能感知身边的美好；只有自己坦荡，才能逍遥地生活在天地之间。

在复杂的世界里，简单地活着。精简复杂，缩小梦想，反而是对梦想的一种沉淀！

赠人火把，温暖心房

十九世纪早期，在德国一个小村庄里，坐落着一个古老的教堂，里面有精美的雕刻、彩绘玻璃和一架华美的管风琴。管风琴向来以宽广的音域和饱满的音色被赋予“乐器之王”的美称。

这一天，教堂里正在干活的一位老管理员，忽然听到教堂避难所的橡木门上传来敲门声。

他打开门，看到一位穿军装的士兵站在台阶上。

“先生，您可否帮我一个忙？”士兵说，“请允许我弹一个小时的管风琴，可以吗？”

“很抱歉，年轻人，”管理员回答，“除了我们自己的风琴演奏者外，不允许外人弹奏它。”

“但是先生，贵教堂的管风琴很著名，我远道而来，就是为了能亲眼见到它，就让我弹一个小时吧！”

老人犹豫了一下，还是摇了摇头。

“求您了！”士兵请求道，“我的指挥官只允许我请假二十四小时。过几天我们就要到另外一个地方去了，那里有一场战斗，也许这是我一生中最后一次弹管风琴了。”

老管理员生出一丝怜悯，从衣袋里取出钥匙递给他：“管风琴锁着呢，这是钥匙。”

士兵接过钥匙，打开管风琴琴盖，欣喜地弹奏起来。宏伟的音符如一排排波浪，从管风琴金色的音管中翻腾而出。

老管理员震撼了，他眼中溢出泪花，在门口的长椅上坐下来。

优美的琴声吸引了附近的村民，人们摘下帽子放下农具，安安静静地坐下来倾听。

这一刻，他们在享受音乐，忘记了战争、流血、贫苦、恐惧……

年轻士兵弹奏完最后一个音符，双手从琴键上抬起。他转过身，惊讶地发现教堂里坐满了人。

他把钥匙还给管理员。“谢谢！”年轻人感激地说。

老人接过钥匙，“谢谢你！”他握住年轻人的手，“这是我年迈的双耳听到过的最动听的曲子，请问，你叫什么名字？”

“我叫费力克斯·门德尔松。”

老管理员睁大了眼睛。眼前这个士兵，就是享誉欧洲大陆、闻名遐迩的作曲家、指挥家门德尔松！

老人注视着这个士兵离开教堂，消失在村庄小路上，他喃喃自语道：“我差一点没给他钥匙而错过这支美妙的乐曲！”

有时候，也许你不经意间，对他人做出一个善良的举动，兴许，你就会收获累累硕果。

当他人的“心田”干旱时，你愿意付出一瓢水；当他人的“心田”荒芜时，你肯为他播进一粒“爱”的种子。

送人玫瑰，手留余香；赠人火把，温暖心房。

给别人一把钥匙，就是为自己的心灵开启一扇窗户。

给别人一次力所能及的帮助，你也许会获得震撼心灵的回报。

没有翅膀，也要让自己飞翔

哲人说，做减法比做加法更能让灵魂成长。主动卸下身上不必要的担子，少一些自我限制和羁绊，减少对物质和精神享受的过度追求，反而能让自己更加从容淡定，更能保持生命的活力和张力。

诗人说，鸟儿为什么飞得高，那是因为鸟儿让自己变得很轻。在物质的天空下，拥有一颗纯净的心，目标记住，利益忘掉，就是没有翅膀，你也能飞得高，飞得远。

人生像一辆车，轻车简行，不超载、不超速、不违章，就能顺利抵达目的地。每个人的时间和精力都是有限的，学会做减法，学会舍得与放弃，方能获得轻盈与灵动的人生。

过于追求完美，生命就难以完美。因为有了裂缝，阳光才能透射光芒；因为经历了炎凉，才更知温暖的可贵；因为忍受了痛苦，才更知快乐的重要。

敬重一个人，是因为从这个人身上找到了自己想要的崇高和善良，它们是人性的最后一道防线，是良知的最后一根支柱。总之，是因为这个人活成了自己想要却一直无法达到的模样。

有时候人们失望，不是因为这个社会有多么糟糕，而是你很熟悉的那个人，变成了最糟糕的人。很多时候，一个人的坚守和执着，是很多人认真活下去的信心和理由。

安静做人，疏淡做事，与这个热闹的世界保持一段合适的距离。不远不近，不疏不密，不热烈也不冷漠，不哗众取宠亦不装腔作势。

当别人的观众，不如做自己的事情。陪别人，不如好好地陪自己。生命里总有一首歌，一边前行，一边天籁般地唱给自己听。

积极地悦纳自我，不根据别人的眼光和社会的风尚选择自己的生存姿态。放慢节奏，好好欣赏生活路上的美丽风景。所有的生命，都应该为灿烂的生活而来，为明媚的心境而来。

其实，伟大和渺小没有本质区别，关键看用在什么地方。

一棵树，选作栋梁，就被人仰望；造成木船，就经受风浪；锯成床板，便承受压迫；做了铅笔，便被慢慢削光。

韩信在项羽手下只能喂马，投奔了刘邦，便成了统帅三军的大将。命运并不总在自己手里，有时，一个偶然可能改变你人生的方向。

老实人说假话会面红耳赤，骗子讲真话反而羞羞答答。人听不懂牛语，牛听不懂琴音。对牛弹琴，不是牛笨而是人蠢。

市井万象，人走茶就该凉。台上台下不一样，人前人后不一样，不是别人势利，而是自己没有温度的储藏。水无常势，人无常形，舞台再精彩，演员总要卸妆。

时来自是春风得意，运去也不必愁眉苦脸。花落自有花开日，黑夜过去就是白昼。不要懦弱，无须牢骚，别人能过河，自己也肯定有路走。

权力总有过期的时候，身体总有衰老的时候，赶快把生命还给生命，把自己还给自己，把复杂还给简单，把理性还给天性，把绚丽还给本色。享受那些被我们忽略的东西：早春的气息，醉人的晚霞，美丽的晨曦……

推开心窗，阳光灿烂

推开心窗，给心灵一片蓝天。远方延伸着理想与希望，当你开始努力的时候，远方就已不再遥远。静静飞翔，淡淡凝望，所有无悔的付出，都会成为流年中或远或近的风景。不管身居何处，境遇如何，当新一年的第一天来临时，让自己快乐，给自己一片蓝天，心儿就会滋生出灿灿的暖，就会像花儿一样散发出淡淡的香。

明媚着，便是快乐！

快乐着，便是温暖！

所有的现在都会成为过去，所有的未来都会成为现在，过好当下的每一天最重要！

躺在深圳光明新区医院急症抢救室的王永权，回忆起山体滑坡发生时的一幕："我带着孩子往前跑着，回头一看，父亲、母亲、姐夫！他们就都不见了……"

当我们抱怨生活不够好的时候，很多人却仅仅因为活着而泣不成声。

感谢我们还活着，还有机会多陪陪身边的亲人，还有机会去实现梦想，还有机会去兑现承诺……

在短暂而仓促的人生中，往往有许多变数令人始料不及，令人在猝不及防间悔不当初。珍惜身边的每一个人，多想一想美好的事情，多看一看美好的世界。

活着，活好，才是正道！

此刻，无论怅然若失，还是踌躇满志，在变动、变化、变革成为主旋律的大时代，变的可以是岗位、地位、职位，但永远不变的是感恩、感激、感念！

对许多人而言，拇指在手机屏幕方寸间游走的距离，也许超过双脚走过的路程。没有人去计算它不经意间吞噬掉我们多少时间与记忆。互联网像一条巨大的鲶鱼，所涉之处，或静水流深，或暗流汹涌，我们这个古老而伟大国家的大棋局，在创新、协调、绿色、开放、共享中，山呼海啸风，动地起洪钟。

回忆过去和畅想未来是同样奇妙的两件事，共通之处就是留下值得纪念的细节和生命的闪光点。

推开心窗，给心灵一片蓝天。因为爱，所以追求；因为沧桑，所以坚强。走过了人生的九曲十八弯，蓦然回首会发现：人生从来没有完美，原谅自己的一切过错，节约时间，去爱自己喜欢的人，去做自己喜欢的事。不必遗憾，成功了叫精彩，失败了叫经历。保持一个好心情，那才是永恒的财富！

让相知者相爱，相爱者相知；让得意者不嚣张，失意者不退缩；让有钱人不跋扈，没钱人不落魄；让成功者有天地，失败者有退路；让无力者有力，悲观者前行；让幸福的人更幸福，快乐的人更快乐！

长河悠远，岁月无痕，

大地不老，阳光普照。

善待别人，就是善待自己

有则寓言故事——

狮子抓住了一只老鼠，原本打算吃掉，但这只小老鼠实在太小，塞牙缝都不够，于是又轻蔑地将它放了。不久，狮子被猎人捕获，捆在树上不能动弹。老鼠听到了狮子的哀嚎，偷偷咬断了绳子，放走了狮子。

这个寓言告诉我们，即使你再强大，也不要忽视身边的弱小。

相对于狮子来说，老鼠是弱者，但弱者并不等于毫无用处，它也可以做成很多事情。当狮子被猎人捆绑起来的时候，它可以咬断绳子，救狮子出来。狮子当初对它的轻蔑是因为老鼠实在太弱小，但狮子没想到，正是它眼中的弱者救了它。

于动物于人一个理。人不可能时时事事走好运，不知哪天在哪件事上会走霉运。一个再强大的人，当他走霉运的时候，他未必会比一个平素比他弱的人强到哪里去。就如同一个患病的人，精神是一片深秋的旷野，无论多么轻微的寒风，都会引起萧萧黄叶的凋零。

人是一个古怪的混合体，有的人诗性更足，有的人动物性更强；有的人热爱理想，有的人会投机也更现实；有的人满足于物质实惠，有的人精神很有力量。

世界看似很大，但属于每个人的空间其实很小。不要嘲笑别人的落魄，因为，你并不知道自己头顶上哪片云何时会下雨；不要瞧不起别人的不足，因为，换个位置也许你还不如他；不要把自己的职务当成了能力，离开那个平台你可能什么都不是；不要对暂时用不着的小人物漠视。生命，只有互相敬畏才显神圣；道路，只有互相扶持才能走得更远。

人生既有百态，世相便有万端。一枝花一点露，一粒沙一世界。每个人都有他存在的理由，都有他自己的内心世界。放大人性中的真诚、善良、慈爱、亲情这些内涵，缩小外在身份不同造成的差别和偏见。

“笼鸡有食刀汤近，野鹤无粮天地宽。”想通了这一点，什么困苦与劫难，都不过是天空浮云罢了。

“人生天地间，忽如远行客。”生命就是一段旅程，这段旅程是否美妙，是否有价值和意义，取决于自身心灵的感悟，也取决于别人的关照。

与一群“别人”走到一起不容易，这些个“别人”有的强势，有的随和；有厉害的，有温顺的 ；有计较的，有大度的。走到一起，就是缘分！善待别人，就是善待自己！

第三辑　昨夜星辰

能承受挫折，也能释放天性。如春兰之优雅、冬梅之昂扬；如真水之无香、美玉之温润。做一个胸中只有春风的人，做一个心上没有皱纹的人！

一个人能承受多大的压力，他才能享受多大的快乐！

在这个世界上，人所处的绝境，在很多情况下，都不是生存的绝境，而是一种精神的绝境。只要你不在精神上垮下来，外界的一切都不能把你击倒。

一生苦恋，一世诗情

当你老了，头发白了，睡意昏沉，
炉火旁打盹，请取下这部诗歌，
慢慢读，回想你过去眼神的柔和，
回想它们昔日浓重的阴影；
多少人爱你青春欢畅的时辰，
爱慕你的美丽，假意或真心，
只有一个人爱你那朝圣者的灵魂，
爱你衰老了的脸上痛苦的皱纹；
垂下头来，在红光闪耀的炉子旁，
凄然地轻轻诉说那爱情的消逝，
在头顶的山上它缓缓踱着步子，
在一群星星中间隐藏着脸庞。

这首《当你老了》的诗篇，曾被世界各国翻译成无数种文字，用它谱成的歌曲也风靡一时。这首诗是诺贝尔文学奖获得者、爱尔兰诗人叶芝，写给他深爱的女人茅德·岗的。

悲剧的是，一首感动所有人的诗篇，唯独无法打动诗人倾心的对象。叶芝一生写下的无数情诗，都是给茅德的。痴恋的狂热，无望的痛苦，催生了文学史上这个著名的苦涩的缪斯故事。

“我一生的烦恼开始了”，认识茅德的第一天叶芝写道，一语成谶！

春天，他在春梦里种下淡淡的芬芳，希望爱情在芬芳里慢慢成长；夏天，他把载满激越的情闸打开，用诗阐释生命的意义；秋天，他望着头顶蓝天的深沉高远，用思索穿起所有的生活细节；冬天，他把自己守望成了一道孤独的风景。在长达二十七年的单相思中，茅德一直是叶芝诗中的缪斯！

他把人生世界铺成一条诗意之路，飞鸟的歌唱，山泉的奏鸣，晨风的流韵，都活跃在他写给茅德的情诗中。

炽烈的爱情，执着的真情，忠贞的苦情，无果的深情。

情只一字，维系乾坤！情只一字，让人生变得那么甜蜜，又那么痛苦；那么温馨，又那么残酷；那么美妙，又那么诡谲。

叶芝曾如此夸赞茅德：“我从未想到会在一个活生生的女人身上看到如此之美。她属于名画、诗歌、传说的往昔。”“即使她说地球是扁的，我也会因为是她的同党而感到自豪。”叶芝无数次向茅德求婚，都遭到拒绝。“我不再想抵抗了，不再考虑这个女人会成为什么样的妻子，而只考虑她对保护与安宁的需要。”

不求回报的爱凝聚成一页页情感浓烈的诗篇，《当你老了》就是其中的代表作。

爱情因痛苦而弥坚，爱情因牺牲而崇高，爱情因无缘而永恒。

茅德比叶芝小一岁，算是一名奇女子。她出身上流社会，家境富裕，衣食无忧。但在目睹了爱尔兰佃农受英裔地主欺压的悲惨状况后，她大为触动，放弃舒适生活，毅然投身到爱尔兰民族独立运动中。她是一个坚定的民族主义者，被喻为爱尔兰的贞德。她为爱尔兰民族独立事业奋斗终生，七十一岁高龄时，仍然不顾警察的监视，在都柏林街头向人群演讲，愿为爱尔兰民族独立流尽最后一滴血。

茅德对叶芝的第一印象是“一个又高又瘦的男孩，眼镜片后面一双深陷的眼睛”，“衣着寒酸，粘着颜料斑点”，除了欣赏他的诗，叶芝对她没什么吸引力。

爱情这东西有时候真的很怪。你虽然是一道很好的开胃菜，但却不是我要的那道菜！

许多时候，爱情难抵文字的美色诱惑。当那些纤细柔软的文字，穿过铜墙铁壁，穿过无边天际，穿过人生寞寂，直抵内心深处时，多数人会失魂落魄向爱妥协。但叶芝二十七年的苦恋，无数首情意浓浓的诗，依然不能使茅德心动，足见茅德意志的坚定。

她的确不是嗑叶芝这棵树的虫儿！

世上有很多东西宜远看，不宜近观，人与人也一样。

叶芝与茅德，近若咫尺，又遥不可及。

茅德曾讲，世人会因为她不嫁给叶芝而感谢她。她一直看得很分明。对于叶芝来说，那些萦绕一生的爱痛交织，最后都化为创作的灵感与源泉。正所谓：自古多情空余恨，诗家不幸诗名幸！

缘起，缘尽。缘起则情生，缘尽却情恒！

伟人与恶魔的画艺较量

2014年的艺术品世界拍卖市场，注定不平静。

英国当地时间12月17日，伦敦苏富比拍卖行，英国前首相丘吉尔的一幅画作《查特韦尔庄园的金鱼池》，成交价高达180万英镑（约合人民币1737.45万元）。

德国当地时间11月22日，纽伦堡魏德勒拍卖行，一幅由阿道夫·希特勒创作的水彩画《慕尼黑民事登记处和旧市政厅》，成交价16万欧元（约合人民币130万元）。

姜还是老的辣。在“二战”中叱咤风云、比希特勒大十五岁的丘吉尔，这一次以画家身份，再度战胜对手。

如果不是丘吉尔与希特勒的作品，同年出现在世界艺术品拍卖场上，人们也不会将他俩再次联系在一起。当年，十一岁的希特勒第一次崭露出绘画天赋时，二十六岁的丘吉尔刚以记者身份从南非逃回英国，并在之后成为议员，迈出了政治生涯的第一步。等丘吉尔握上画笔，投身到颜料、调色板和画布的新奇世界中时，希特勒已奔赴“一战”战场。在他的内心中，艺术的希望之火渐灭，而构建大德意志帝国的狂妄却在膨胀。

相比于希特勒十一岁就显露绘画天赋，丘吉尔开始学画时，已是四十一岁高龄。身为海军大臣的丘吉尔，因战败被撤职靠边站了。他陷入了抑郁，家人为了让他从郁郁深思中解脱出来，备齐了所有油画器具，只差下笔。可就是这最初的一笔，让丘吉尔举步维艰。在《我与绘画的缘分》一文中，丘吉尔写道：“调色板上闪烁着一摊摊颜料，一张崭新的白白的画布摆在我的面前，那支没蘸色的画笔重如千斤，性命攸关，悬在空中无从落下。我小心翼翼地用一支很小的画笔蘸了一点点蓝颜料，然后战战兢兢地在咄咄逼人的雪白画布上画了大约像一颗小豆子那么大的一笔。恰恰那时候，只听见车道上驶来了一辆汽车，而且车里走出来的不是别人，正是著名肖像画家约翰·赖弗瑞爵士的才气横溢的太太。‘画画！你还在犹豫什么哟！给我一支笔，要大的。’画笔扑通一声浸进松节油，继而扔进蓝色和白色颜料中，在我那块调色板上疯狂地搅拌了起来，然后，在吓得簌簌直抖的画布上肆恣汪洋地涂了好几笔蓝颜色。紧箍咒被打破了，我那病态的拘束烟消云散了。我抓起一支最大的画笔，雄赳赳气昂昂地朝我的牺牲品扑了过去。打那以后，我再也不怕画布了。”

对丘吉尔来说，直到他生命的最后，绘画始终是一大乐事，因为“不管面临何等目前的烦恼和未来的威胁，一旦画面开始展开，大脑屏幕上便没有它们的立足之地，它们退隐到阴影黑暗中去了”。作为克服抑郁的排遣，绘画伴随丘吉尔走过了以后的大部分岁月。他曾多次讲：“如果不是绘画给我的精神支持，我恐怕活不到今天。”

希特勒从小立志要做个画家。他回忆当时的情景时说道：“当时我才十一岁就不得不第一次违抗（我父亲的意愿）……我不想当公务员。我不要当公务员。我一想到坐在一间办公室，被剥夺了自由，不能自由支配我的时间，不得不把我的一生花在填写各种各样的表格上面，心里就感到恶心……有一天，我终于决定要做个画家，做个艺术家……我父亲听了吃了一惊，张口结舌说不出话来。‘什么？画家？艺术家？’他疑心我发了疯，也很可能他以为是听错了或者理解错了我的话。但是，等他弄清楚了以后，特别是他意识到我不是在开玩笑以后，便坚决反对我这个打算……‘艺术家？不行！只要我还剩下一口气，我决不答应！’”

于是，希特勒开始了他人生中的第一次反抗，功课想学的就学，不感兴趣的就干脆不理，弄得家里人只好同意他报考维也纳艺术学院。可他却名落孙山，只好求职当个小画师，仿画风景明信片，勉强凑合生活。

考艺术学院失败的打击，让希特勒失去自信。若干年后，他曾这样描述："你知道——毋需夸大其词——我未能考取艺术学院去学画，这对世界是个重大损失。或许命运注定我要干别的？"当希特勒以小画师的身份，离开让他伤心的维也纳时，他成了一个彻底的反犹太主义者，成了一个战争恶魔！

日后，人们无数次设想，倘若希特勒当年真的被维也纳艺术学院录取，整个世界会不会变成另外一副模样？

当然，历史不能假设。"二战"的胜利，使丘吉尔成为世界伟人；而被喻为战争狂人的希特勒，则遭历史唾弃。伟人与恶魔的画艺较量，在哗哗响的真金白银面前，胜利者依然笑傲江湖。

应了中国那句古话：胜者为王败者寇！

谁掌握了胜利谁就掌握了历史。

胜利是一个区别英雄与狗熊的台阶，上一步什么都是，下一步什么都不是！

人生如此！

艺术如此！

欣赏自己，才会越来越自信

朋友 TJ 送我一盘她新出的演唱专辑，专辑中的她，一改往日的“小清新路线”，声音变化很大，有一种自由自在放开唱的感觉。

在文艺团体工作了十几年，让我对歌唱演员声音的丰富性、演唱的技巧性有一点皮毛的认识。TJ 是唱民歌的，当时被一些声乐专家评判为：“山歌嗓，野的。”

那时候，她整个人是虚的，成天关心最多的是，自己美不美？有没有变胖？裙子漂不漂亮？表情好不好看？她的一张脸，基本成了“试验田”，各种各样的化妆品涂涂抹抹。由于减肥，二十几岁的人脸色蜡黄，满脸痘痘，只不过被妆容掩盖了。

为了把自己练成宋祖英、张也这样的民歌标配版，她努力地弥补“嗓音缺陷”，真是没少下功夫。后来，终于把自己修炼成了一名“晚会歌手”。

前些年，一些晚会主办单位，为了保证演出效果，常常放录音，演员只在台上做出演唱的样子。无奈之下，TJ 练就了一手绝活，用麦克风挡住嘴，一边有节奏地数着“一二三四”，一边将表情做足，反正放的是录音，观众也听不出来。

一次，她和朋友去三里屯酒吧，看到一个衣着普通、妆容素朴、但声音独特的演唱者，人家完全是用心在唱，是一种情感的表达，而不是表演。这种演唱方法，给 TJ 留下非常深刻的印象。她好像突然有了一种顿悟，自己这些年来，从音色、表情、服饰到审美，似乎都被“标准化了”，失去了自我……

TJ 的这种痛苦，我特别理解。其实，许多有实力的演员，都是把舞台看作根、把唱功视为生命的人。他们在台上的自信，源于台下的专心用功。各行有各行的作为，一个歌唱演员，就是把歌唱好、唱活，让观众听着高兴、听着称心，这就是作为。演员在台下可以不讲究，但在台上一定要讲究。没有自己的特点、自己的风格，想唱活、赢得掌声也不是那么容易。

后来，我离开文艺团体，到新闻单位工作，与 TJ 见面机会少了，在大晚会上也很少见到她的身影。听说，她已转业，“画风也大变了”。再后来，她出现在电视节目上，“画风真的大变”，她唱的歌曲，听得人浑身血液似乎能燃烧，那种酣畅霸气，真有点冲破束缚，展示个性的自由感。

“从前的人用歌曲讲述日常生活，耕耘、劳作、相爱、生老病死，不为表演，只为自由表达。”TJ 在微博上的这段话，似乎悟出了民歌的本源。她从“小清新路线”变成了真正的“歌唱女王”。

我觉得，如今的 TJ，才活出了自己的艺术特色和滋味。

其实，一个演员的艺术人生是否有意义，衡量的标准不是外在的成功与否，而是她是否对艺术有独特领悟和坚守，从而使她的自我焕发出个性的光华。

从希望别人欣赏自己，到自己欣赏自己，TJ 绝不是一个简单的转身，这个转变源自内心的强大。

学会欣赏自己，艺术人生中才能更加自信。

在探索的路上，也许没有芳馨的鲜花，但有希望的绿野；也许没有雷鸣般的掌声，但有恒久的信念。有了希望和信念，那些沧桑坎坷，最后都会一步步垫高自己的追求。

学会欣赏自己，就是在无人为自己鼓掌的时候，自己给自己一个鼓励；在无人为自己拭泪的时候，自己给自己一个安慰；在自己失落沮丧的时候，自己给自己一份自信，抖落昨日的疲惫与无奈，抚去昨日的伤痛和泪水，去迎接明天全新的朝阳，走向一个风和日丽的清晨。

当然，欣赏自己并不是孤芳自赏，而是不因为自己暂时的默默无闻而烦恼自卑。

春寒料峭中的冰凌花，从来不会像牡丹那样受着万千宠爱，但它仍旧会义无反顾地迎着寒风，倔强地开放。

学会欣赏自己，才会发现属于自己的美：性格内向的人，拥有的是凝重和深刻；宁折不弯的人，拥有的是豪迈和坚强；饱经风霜的人，拥有的是忍耐和坦然；历尽失败的人，拥有的是柔韧和毅力。

欣赏自己，充实自己，完善自己，提高自己，你的自信才会永驻，你的人生才不会在叹息和羡慕他人中虚度。

做自己该做的事，走自己该走的路，活出自己的模样。当有一天，蓦然回首，你会惊喜地发现，自己走过的地方，也是一片怡人的风景……

想得开是天堂，想不开是地狱

人称“鬼才”的大画家黄永玉，他设计的猴票和酒鬼酒的包装家喻户晓。

“文革”时，黄永玉一家人被赶到乡下，住进一间没有窗户的狭小屋子。黄夫人很郁闷，为了让妻子开心，黄永玉灵机一动，在屋子墙上画了一个两米宽的大窗子，窗外有绚丽的花草，还有明亮的太阳，顿时满屋生辉。黄夫人会心地笑了。

是啊，愁眉苦脸是一天，开朗阳光也是一天，何不让自己心情好点。那一窗自画的风景，就是黄老想得开，苦中找乐，以甜对抗苦的大胸怀。

有时候，人生的不幸，不是遇到了不幸，而是在不幸降临时，对待不幸的态度。

心若想不开，处处都有怨言；心若想得开，时时都是春天。

闲暇时，我喜欢去花卉市场转转，认识了一个叫娟子的卖花姑娘。聊得多了，知道娟子最大的心愿，就是买一套两居室的新房。

娟子一生下来，就跟打工的父母住在条件简陋的工棚里。在她很小的时候，一场大暴雨让房顶坍塌，父亲为了保护她，被砸死了。从那时起，她就把住上新房子的美好愿望埋在了心里。前年她结了婚。娟子说自己就是：“吃苦”+“吃饭”=“爱情”。婚后她向丈夫小韩提出：节约一切开支，攒钱，买房。小韩是个老实厚道人，说，听你的。

夫妻俩在三十平方米的摊位上，摆了上百盆花草。娟子卖花的实在劲，为她积攒了不少人脉，回头客不少。比如，花卉从南方进来，需要移栽到盆里，栽花的土需要买，于是有些人把包装用过的泡沫箱弄碎，铺到花盆下半截，既省土，又轻便，顾客根本看不见。娟子不这样做，她说，花根扎到泡沫上就会死掉。有些商家在花叶上擦油，看着亮闪闪嫩油油的，好出售。娟子不擦，她说，擦油对花生长不利，买回去不好养活。

勤劳善良、心眼诚实的娟子，赢得了顾客的信任，生意做得兴旺，每月有六千多元的收入。

由于喜欢她的实在，我每次去花市，都会转到她的摊位上聊几句。

后来，娟子真的买了房，虽然比较远，在燕郊，属河北地界了。不管怎么说，他们有了自己的房子，令人高兴。

新房装修时为了省钱，娟子找了一个电工朋友帮忙，由于不够专业，电工被意外致残。电工家里人不干了，非要赔偿。买房子几乎耗尽了娟子的所有积蓄，为了给电工赔钱，不得不把新房又卖了。

这对娟子来说真是灭顶之灾。我想，她不愁个半死也要掉几斤肉。

前几日去买花，又见了娟子。面对她的辛酸，我不知道该怎么说，“努力坚持”“自强不息”，这些词干巴巴的，就像失去水分的苹果。于是，只劝她：想开一点。没想到娟子出人意料地坚强乐观：“干吗想不开？我和小韩都不老，有挣钱的能力，可以再攒钱。”

娟子和小韩，是普通的布衣百姓，是我们这个社会中的小人物。他们过着自己简朴的小日子，演绎着生活的甜酸苦辣，既有春光的照拂，也承受生活的寒露。他们平平淡淡，庸庸常常，但他们在困窘生存状态中，滋生出来的那种对生活的乐观情绪，那种主动精神，那种进取的心态以及他们身上体现出的人类心匣中最为宝贵的珍珠——诚实、善良、乐观，令人感动。

小人物一点都不小，精神世界是辽阔的、丰饶的、厚重的。

从黄永玉大师对待苦难的态度，到娟子小夫妻对待厄运的态度，可以看出，遇事想得开就是天堂，想不开就是地狱。

人生最大的幸福，莫过于拥有一个能让自己安然入睡的枕头，前提是拥有一颗想得开的心。当一个人的心态好到童话的地步，即便无权无势一辈子只是维持个温饱，也生活在天堂之中；当一个人的心态坏到噩梦的地步，即便位高权重一辈子锦衣玉食，也生活在地狱之中。

想得开是天堂，天堂就在想法中；想不开是地狱，地狱亦在想法中。

做一个心上没有皱纹的人

瑞士有个九十六岁的马德祖·博雷尔老人，她从电视上看到现代热气球、三角翼滑行器和斜坡降落伞后，就常在家人面前唠叨，想去试试。家人起先以为她在开玩笑，后来经不住老人多次软磨硬泡，终于答应，让她乘一次斜坡降落伞，作为给她的生日礼物。

这一天，马德祖·博雷尔兴致勃勃地在家人和医生的陪同下出发了。医生很担心，因为起飞点海拔1450米，一般来说，这个年龄的老人爬高不应超过海拔1200米。老人不但没有不良反应，还爬了一段汽车不能行驶的山路。路边休息的游客给她让座，她却说："我今天不是来坐的，是来飞的。"

戴上头盔，换上飞行服，没有半点犹豫胆怯。陪她飞行的助手在斜坡上助跑了十来米，降落伞起飞了……

二十分钟后，马德祖·博雷尔降落在日内瓦湖畔的小城维尔纳夫。她兴奋异常地对跑来迎接她的家人说："棒极了！太漂亮了！我像鸟儿一样自由飞翔，从空中看到了我熟悉的城堡、湖心岛屿和湖底的水草，只是时间太短了！”

这位九十六岁的老人，乘着降落伞，像鸟儿一样在蓝天上飞翔，从高处俯视自己的家乡——日内瓦湖，创造了一项吉尼斯世界纪录。

在老人的身上，我们看到的是生命的快乐、孩童般的天真。老人的心里没有寒冬，只有春风；没有懦弱、衰老的皱纹，只有爱与祝福，以及敢于尝试的冒险精神。

一个心上没有皱纹的人，盛得下喜怒，输得出力量。

对父母的尊爱，对伴侣的情爱，对子女的疼爱，对朋友的关爱，对万物的慈爱，对生命的真爱……对丑恶的仇恨，对污浊的厌烦，对虚伪的憎恶，对卑劣的蔑视……无论遭受多少困厄欺负，只要怀有一颗没有皱纹的心，就可以坚信，这个世界的美好总要多过黑暗，欢乐总要多过苦难。

能够决胜千里的，永远是内心的力量，跟外界那个看似热闹喧嚣的世界无关。

一个心上没有皱纹的人，盛得下自信，输得出安然。

社会是紧张的，节奏是紧张的，生活是紧张的，对话是紧张的，步伐是紧张的……人们在紧张中已经沉溺得太久，放松是一份怎样的惬意？只要怀有一颗没有皱纹的心，就清醒地明白，放松不是放任，而是一种运筹帷幄的淡定，一种自我高度信任的沉静，一种磨炼之后的整合。

当我们学会放松的时候，所有的岁月和经验，所有的勇气和智慧，就会厉兵秣马集合于我们的内心，情绪自会安然从容，勇气自会源源不断。

一个心上没有皱纹的人，盛得下幸福，输得出快乐。

世上有预报天气的，有预报地震的，有预报航班的，但没有人为我们预报幸福。幸福不靠天赐，需要我们自己创造。贫困中相濡以沫的一块糕点，患难中心心相印的一眼鼓励，一个拥抱，一段陪伴……这都是千金难买的幸福，像一枚钻石，在黑暗中愈发熠熠夺目。

幸福并不与财富、地位、名望、婚姻同步，它只是我们心灵的感觉。幸福需要一颗快乐的心来支撑，而一颗快乐的心、一张快乐的脸，一定是太阳底下最美的……

有一天，当我老了
给似水流年的光阴穿上素锦
给平淡无奇的生活赋予意义
让记忆风干岁月
让沧桑打湿往事
栉风沐雨，初心不改
时光流淌，脚步不停
无论此生多寒凉
无论此生多勉强
依然要一路荆棘，一路春光
能承受挫折，也能释放天性
如春兰之优雅、冬梅之昂扬
如真水之无香、美玉之温润
做一个胸中只有春风的人
做一个心上没有皱纹的人

树活风雨土，人活精气神

好友娟是一位心理医生，她讲了一个真实的案例。

一对夫妻出去旅游，在一座寺庙里，抱着好玩儿的心态抽签算命。看签的和尚对丈夫说：你会老死；对妻子说：你会早死。

自从听了和尚的话，妻子就经常对丈夫说，我会比你先死，因为我是早早死去，而你是老死，你要活很大年纪。丈夫劝妻子，不要相信那个和尚的胡说八道，咱俩要白头偕老，如果有个人一定先死去，那也是我，因为你比我年轻。

但是前不久，他妻子被查出患了喉癌。

丈夫很伤感，有点想不通，一方面要安慰妻子，一方面自己又很纠结，人的精神一蔫，身体立马就有体现。一段时间，他总是感冒，一直病恹恹的。在朋友的建议下，他找到了娟做心理辅导。

关于“早死”和“老死”的谶语，一直像魔鬼一样盘旋在他们夫妻的头顶，他们本能地畏惧这朵乌云，可乌云尖利的牙齿，还是咬破了他们最快乐的时光……他说自己很后悔去抽签算命，如果没有那个和尚的多此一举，也许他和妻子的美好时光，会更纯粹更光明一些。

经过娟的分析和疏导，他明白了妻子之所以患此病，是因为小时候家里生活困难，蔬菜比较少，咸鱼吃得多。因为咸鱼很小，刺又多，这些鱼刺反复刺伤喉咙，久而久之，就生成了癌症。

生活还要继续下去，治疗不能放松。夫妻俩也明白了，不是什么“谶语”显灵，而是生命本来就充满种种的不知道和种种的可能性，不管这个世界上有多少不可琢磨的事，个人能够把握的，就是要有一个积极乐观的精神状态，来面对厄运。

无独有偶，前两天看到一篇报道，讲的是美国心理学家马丁·加德纳做过的一个实验：让一个死囚躺在床上，告知他将被执行死刑，然后用木片在他手腕上划了一下，接着把预先准备好的一个水龙头打开，让它向床下的一个容器里滴水，伴随着由快到慢的滴水节奏，那个死囚昏了过去。

他把实验结果公布出来后，虽然遭到司法当局的起诉，但他用事实告诉了世人：精神才是生命的真正脊梁，一个人一旦精神垮了，他的生命也就变形了。

现在，加德纳是美国横渡大西洋3V俱乐部的心理教练。在他的指导下，一位叫伯来奥的男子驾着独木舟，从法国的布勒斯特出发，横渡大西洋和太平洋，历时六个半月到达澳大利亚的布里斯班，创造了单人独舟横渡两大洋的吉尼斯世界纪录。有人质疑，加德纳是在拿运动员做实验。加德纳反驳说：我只是在证实精神的作用。

从伯来奥的成功经历，可以看出，以前横渡大西洋的人之所以都失败或死亡，原因可能很多，但有一条至关重要，那就是他们不是死于体力上的透支，而是死于精神上的崩溃，死于心理上的恐慌和绝望。

加德纳在网上公布他的看法时，曾写道：在这个世界上，人所处的绝境，在很多情况下，都不是生存的绝境，而是一种精神的绝境；只要你不在精神上垮下来，外界的一切都不能把你击倒。

圣雄甘地有句话：力量不是体能，它来自不屈不挠的意志！

而意志来自强大的精神动力！

精神，是文化的核心。

精神，也是一个人的立命之本，一个民族的强大之本，一个国家的生存之本。

树活风雨土，人活精气神。

从某种意义上说，人不是活在物质里，而是活在自己的精神里。如果精神垮了，没人能救得了你，包括老天爷。

精神一变人就变，所以，要养好我们的精神，看清世间磨难，认清生活的无奈，面对困境依旧选择不敷衍、不抱怨、不自卑，努力地做好每件事，这才是生活的强者。

也许我们不能选择容颜，但是我们可以展现笑容；也许我们不能号令他人，但是我们可以指挥自己；也许我们不能样样如意，但是我们可以事事尽力；也许我们不能主宰生命的始终，但是我们可以决定生命的价值……

精神不死，生命年轻！

我不要你风光，我只要你健康

朋友小丽说，他们单位组织体检，一下发现三位同事罹患癌症。

癌症这鬼东西，好像越来越猖獗了。我是个医盲，这方面的知识欠缺。但每每听到身边熟悉的朋友患癌，心里总有一种冷风袭来的感觉。

说实话，特别敬佩那些与“肿瘤君”做抗争的人，他们以自己的勇敢教会我们，珍惜，再珍惜；惜福，再惜福。

有时候，疾病如同一个严酷的老师，它开的课程就叫：珍惜生命！

社会是紧张的，节奏是紧张的，生活是紧张的，步伐是紧张的……我们许多人在紧张中沉浸太久，忘记了自己很重要，忘记了身体是革命的本钱。

我的一位大姐，谈过自己的亲身感受。她和丈夫都是二十世纪五十年代末出生的。这代人，从小受的教育都是——“我不重要”。有个头疼脑热的，根本不在乎，能扛多久就扛多久，实在扛不住了，请假休息两天，就这样，还觉得歉疚，怕耽误了工作，怕给同事添麻烦。在外人眼里，他们夫妻俩都算是成功人士，他们自己也习惯了忙碌，习惯了加班加点。多少年，也就这么过来了，直到有一天，丈夫在工作岗位上病倒了，患的是胰腺癌。她无数次向上苍祈祷丈夫的康复，甚至愿病症以双倍的烈度降临于自身，以换取他的平安。可这一切都没有用，疾病依然收割走了丈夫的生命。丈夫在弥留之际醒来时舌头发硬地对她说，我不需要你风光，只要你健健康康……

丈夫的去世，让她觉得自己就像被斩断的琴弦，每一根都在雨夜长久地自鸣……

一个生命的消失，真正意味着什么，她以前根本不了解。从丈夫生病到去世，她才从那种肃穆又悲怆的气氛中，感受到了什么是锥心刺骨的寒冷和恐惧……

这个世界上的很多东西都是循环的，春走了，会再来，太阳走了，会再升起，而生命走了，就是最决绝地走了，一失永失！

如今，两年过去了，她才慢慢缓过一点劲儿来。

从那以后，她说自己转变了观念："我很重要。"因为没有人能替代我，就像我也不能替代别人。

是的，我很重要。每个人都应该有勇气这样说。

对于我们的父母，我们是永远不可复制的延续。对于我们的孩子，我们是至高至尊的唯一。

也许我们只是个"小人物"，地位卑微，身份渺小，但这丝毫不意味着我们不重要。

我们常常从成就事业的角度断定自己是否重要，其实，只要我们在时刻努力着，在为梦想、为光明奋斗着，我们就是无比重要的！

对于每个人，生命都是上苍唯一的馈赠。生命永远是独立的个体，无论亲人间怎样血肉交融，最后也必须由个人独自面对疾病的风雨。再亲的人，也无法替代这种痛苦。

身体会报复那些不爱惜不尊重它的人，如果浑浑噩噩地摧残它，马马虎虎地对待它，它肯定会冷峻无情地给你颜色看。

一个人对自己的身体都不负责、不爱惜，那他还能有多少机会去爱家人、爱别人？

这些道理，其实人人都明白，只是疾病没有发生在自己身上时，总以为那是别人的故事。也许，只有自己亲身经历了，才会有体会。

世上的事纵使有一千有一万，不一定非要自己亲力亲为。这重要那重要，最重要的，还是有一个健康的好身体。

我们在“不重要”中生活得太久了。

生命是我们自己的东西，是我们唯一最重要的东西。珍惜生命，从现在起，昂起头，告诉自己——

我很重要！

为了爱我们的人，也为了我们爱的人，我们要好好爱护自己。

思维方式决定出路

几年前，一所知名大学的学生做过一个十分有趣的实验：把一只玻璃瓶的底部向着有光亮的一方，瓶口敞开放好。先放进几只小蜜蜂，只见它们一次又一次向着有光的地方飞去，结果只能撞在瓶底上。当小蜜蜂发现自己无法从瓶底方向飞出时，只好认命，奄奄一息地停在那里，不久都死了。

学生们把死去的小蜜蜂倒出来，仍然把瓶子按原来的样子放好，再放进几只捉来的苍蝇。说来也真奇怪，没过多久，这些苍蝇都从瓶口飞了出去。苍蝇为何能找到逃生的出路？原来它们坚持不懈地多方尝试，发现此路不通，便立即改变方向，继续寻找出口，终于飞了出去。

学生们的实验证明，与其坐以待毙，不如横冲直撞，闯出一条生路，死里逃生。不执着于飞向“光明”的苍蝇，通过多种尝试，脱离了险境，摆脱了死亡的命运。

生活中，也存在着蜜蜂型和苍蝇型两种思维方式。

具有蜜蜂型思维方式的人，遇到困难和问题时，往往喜欢走自己熟悉的“光亮”路径，不去想出路可能就在那些看似黑暗或者死路、实际是光明的方向。由于思维定式和惰性习惯的影响，这种人更习惯于一条路走到底，撞了南墙也不回头，因此无论做什么，都很难有所创新，有所开拓。

有个寓言故事，讲的是狗狗家族中一条很有志气很有抱负的小狗亚哈。有一天，它突然向整个家族宣布：我决定要横穿大沙漠。所有的狗狗都不禁为之一振，纷纷跑来给它祝福。于是，在一片欢呼声中，亚哈带着食物、水……上路了。可是三天后，突然传来它不幸丧生的消息。狗狗家族悲痛万分，是什么原因让亚哈失去了宝贵的生命呢？检查食物，还有很多。水不足吗？可水壶里还有的是。后来，经过研究，大家终于发现了亚哈死亡的原因——它是被尿憋死的。

原来小狗有一个习惯，一定要在树干旁撒尿。可由于沙漠中没有树，也没有电线杆，可怜的亚哈一直憋了三天，最后竟命丧于此。

读了这个小寓言故事，相信大家肯定会哈哈一笑，小狗真傻，为了习惯竟搭上自己的性命，不能改变一下吗？可是再仔细想想，小狗的故事何尝没有在人身上出现过呢？我们周围的不少人，不是也很厌烦改变自己已经固化的思维方式、工作方式、处事方式，如果遇到什么逼迫他改变的力量，会很抵触从而产生怀疑甚至怨恨情绪吗？

以什么样的心态对待改变，决定了拥有什么样的人生走向。

具有苍蝇型思维方式的人，头脑不保守，条条框框少，他们闯字当头，善于另辟蹊径，敢于走那些别人不曾走过也不敢走的路。俗话说，思路对了头，一步一层楼。成功的真谛在闯不在等。

朋友小敏讲了一个自己的真实故事。她写《恐龙》这个故事，开始只是想送给女儿做生日礼物。亲戚朋友看后，对这个温馨的故事赞不绝口。小敏受了鼓舞，自费出版了书。当时正赶上省图书展，为了扩大知名度，她也参加了图书展。会场有一处专门为成名作家搭建的展台，他们在那儿签名售书，接受媒体采访。小敏发现来宾的注意力几乎都集中在名人展台上，她这样的普通业余作者，几乎无人问津。

她还发现，名人展台那儿有个空座位，显然某位著名作家今天缺席了。小敏决定冒冒险，她鼓足勇气，抱起一大捆《恐龙》，走到那个空位上坐下来，开始签名卖书。有个组织者看到小敏，朝她走来，还没等对方开口，她先微笑着说："抱歉，我来晚了。"来人愣了愣，赶紧改口问她需要矿泉水不，就再也没有来打扰她。

第二年图书展会上，小敏又一次坐到了名作家展台上，不过这次不是来冒险的，而是受到展会组织方邀请而来。因为她的《恐龙》一书，很受儿童喜欢，荣登儿童类图书畅销排行榜榜首，出版量高达八百万册。

回想一年前的往事，小敏说那次冒险售书对她日后的成功起了举足轻重的作用。很多出版单位都看上了《恐龙》，提出免费为她做宣传。小敏说："冒险就是从悬崖上跳下去，一边往下落一边长出翅膀。很多人不敢跳，所以永远也长不出翅膀。"

什么样的思维方式，决定了什么样的人生出路。

心不是一个口袋，不能什么都装

人称“鬼才”的黄永玉，已经九十四岁高龄了。黄老不仅在版画、国画、油画、漫画、雕塑方面皆造诣颇深，而且还是一位作家，他出版的诗集，还曾获得《诗刊》年度一等奖。

像小朋友一样盘腿而坐的小猴，睁着大大的眼睛，仿佛对世界充满了好奇。这枚三十八年前由黄永玉设计的中国第一枚猴票，价值八分钱，时至今日，它的身价已经翻了十五万倍。

虽然年事已高，但黄老画画的速度依然很快，他的灵感好像是喷涌而出的。他的画里常常配有各种幽默诙谐的话，让人看了心生喜悦。

年过九旬的黄老，喜爱戴贝雷帽，着红装，嗜烟如命，尤爱烟斗。所有人都好奇他的养生秘诀，他却说自己从不养生，喜欢睡觉，不吃水果，不运动；早上写文，下午画画；爱看电影，也爱看连续剧，周末还看看婚恋交友节目。

有人质疑他的画浓墨重彩，不能算国画，他咧嘴大笑：谁再说我的画是国画，就告谁。

常有人感叹迟暮之年，但黄老似乎从不觉得迟暮之年有什么不好。他乐观开朗，幽默风趣，性情爽朗。谈到人生时，他说："躺在地上过日子，贴着土地过日子，有个好处就是，摔也摔不到哪儿去。"

黄老还说："我们这个时代好像一个眼口很大的筛子，筛筛筛，好多人都被筛下去了，剩下几个粗的，没有掉下去——我们是幸运的。"

他被人形容最多的一个词是"传奇"。但在黄老看来，没有什么传奇不传奇，生活的实质对每个人来说都是一样的，不一样的，是对待生活的一颗心。

的确，人心不是一个口袋，不能啥都装。装一点时，叫心眼儿；装得多了，叫心计；装更多时，叫心机；装得太多，就叫心事；装得再多，就成了心病……

装的快乐多一些，烦恼就少一些；

装的感恩多一些，痛苦就少一些；

装的理解多一些，矛盾就少一些；

装的大事多一些，杂事就少一些；

装的阳光多一些，阴云就少一些；

装的高见多一些，偏见就少一些；

装的美善多一些，愁闷就少一些；

装的友谊多一些，敌意就少一些……

对世事，黄老是通透的，因为见过生死，经过起伏；对人生，黄老是好玩的，因为安之若素，充满童心。

成年人的童心不是天真，而是看透人生后的宽容与坦率。

黄老对待生活的态度，给我们很多启发：事在人为，莫道万般皆是命；境由心生，退后一步自然宽。

那些看不透的人心，就不看了；那些听不懂的声音，就不听了。

不让过去的阴霾，影响明天的灿烂；不让昨天的雨水，打湿今天的衣裳。

珍惜该珍惜的，忘记该忘记的。

明代文学家陈继儒讲："时光，浓淡相宜；人心，远近相安；流年，长短皆逝；浮生，往来皆客。"

有人的地方，就有江湖，不管江湖有多复杂，当你做自己，回到质朴、真切、天然的自己，用一杯水的单纯，面对各种复杂时，谁也奈何不了你。

管别人怎么看！

管别人怎么想！

管别人怎么说！

你只需在乎自己的内心！

得到，不骄不躁，不忘初心；

失去，不气不馁，心如止水；

缘来，举手欢迎，用心相处；

缘去，注目相送，真心祝福……

好奇心是开启美好生活的金钥匙

在网络上看到一个小故事：

一天，美国第十六任总统林肯到华盛顿的大街上微服私访。

在一家名为《智慧》的杂志社门前围了一大群人。林肯耐不住好奇，凑了过去。结果发现，在华丽的墙壁上竟有一个小洞，洞旁写着几个醒目的大字：不许向里看！但好奇心还是驱使人们争先恐后地向里观望。林肯也顺着小洞向里看，原来里面是用五彩缤纷的霓虹灯组成的《智慧》杂志的广告。

林肯笑起来，他觉得这家杂志的广告很有创意，于是吩咐秘书为他订了一份。

《智慧》杂志果然很独特，不论内容、版式、装帧、封面设计，还是印刷质量都称得上一流。一天，林肯处理完当天的公务，拿起一份新到的《智慧》杂志翻阅。翻着翻着，他突然发现，在这份杂志中间有几页没有被裁开。林肯顿时很扫兴，顺手就将杂志放到了一边。晚上睡觉前，林肯想起杂志的事情，心想这本杂志既然风靡各地，在管理方面应该是十分严格的，怎么会出现书页没裁开这种问题呢？

他翻身下床，找到这本杂志，小心翼翼地用小刀裁开了书的连页。裁开之后，发现连页中的一节内容被纸糊住了。林肯想，被糊住的地方大概是印错了。但印错的内容又是什么呢？好奇心驱使林肯又用小刀一点点地撬起了糊着的纸。最后，他发现下面竟写着：恭喜您！您用您的好奇心和接受新事物的能力获得了本刊一万美元的奖金。请将杂志退还本刊，我们将负责调换并给您寄去奖金。

林肯对编辑部这种启发读者智慧和好奇心的做法很欣赏，便提笔写了一封信，附上自己的一些建议。不久，林肯便接到了新调换的杂志和编辑部的一封回信：总统先生，在我们这次故意印错的三百本杂志中，只有八个人从中获得了奖金，绝大多数人只是采取了将杂志寄回杂志社重新调换的做法，看来您的确是真正的智者。根据您来信的建议，我们决定将杂志改名。

这本改名后的杂志，就是至今仍受很多人喜欢的《读者文摘》。

好奇心被喻为人类的慧眼，它使人们从无知走向了解，并最终走向创造。

好奇心也是一种禀赋，它在人类社会发展中，起着重要的推动作用。

好奇心是岁月给予一个人的最佳礼物，在合乎自己禀性的领域里，让身心得到润泽。

现代社会令人眼花缭乱，从某种意义上说，每个人都是孤陋寡闻的。你也许在自己的专业里是行家里手，但出了自己的专业范畴，有可能就是个无知者。

《新鸳鸯蝴蝶梦》里唱道："由来只有新人笑，有谁听到旧人哭。""新人"在今天可以是幽灵般的互联网，"旧人"则是传统的制造业等。毫无疑问，互联网是我们这个时代最为深刻的变量。

京剧表演艺术家王珮瑜，年少成名，是梨园中的翘楚。她对互联网充满强烈的好奇心，将直播和弹幕的概念，引入京剧演出中。摄像机直播演员后台化妆、扮戏的幕后事，观众可以将自己的赞美和吐槽，发送到舞台的屏幕上。

王佩瑜将这种互动视为京剧“叫好文化”的延伸，她还开通微博和微信公众号，在淘宝上卖京剧艺术延伸产品，在网络电台开设《京剧其实很好玩》节目。

对未知领域的好奇和探索，让王佩瑜在互联网世界，找到了传播推广传统京剧艺术的渠道，她也成为将互联网引入京剧艺术领域的第一人，使传统的京剧艺术呈现出了好听、好看、好玩的效果。

好奇心是开启人类美好生活的金钥匙。

当西红柿第一次出现在人们眼前时，人们以为它是毒果。然而，一位画家因为好奇心，铤而走险品尝了西红柿，才使西红柿从此得到了它应有的美誉。

因为好奇心，人们有了许多新的发现。

因为好奇鸟儿为什么能在蓝天上自由地飞翔，人们发明了飞机；因为好奇有没有比马车跑得更快的交通工具，人们发明了汽车与火车；因为好奇人可不可以像鱼儿一样在大海上自由穿梭、在海底自由潜行，人们发明了潜水艇……

时光不会停留，一切终将朽败。保持一份好奇心，人类才会永不停歇地进步，世界才会因为人类的好奇而改变，人们的生活才会始终多姿多彩。

以一颗平常心处事待人

很喜欢贾平凹这段话：“五十岁之后，最好的活法就是六个字：想开，看开，放开。别再为难自己，人生短短几十年，保持最好的心情。不羡慕别人辉煌，不喟叹世态炎凉，用平常的心态，经营最美好的生活。”

好友霞子是电视节目主持人，名字也家喻户晓。一次录节目间隙聊起家长里短，她说自己出差多，住酒店时，卫生间那些浴帽从不浪费，拿回家做鞋套收纳鞋用，还可以当保鲜膜用。因为浴帽的周边有松紧带，可以把新鲜的蔬菜放进一个盆里，然后用浴帽盖好，储存到冰箱里。松紧带并非那么严丝合缝，恰恰起到了透气、保鲜的绝妙作用。

走下荧屏的霞子，是一个精打细算，居家过日子的高手。我欣赏这种长得漂亮又接地气，还很有生活智慧的女人。

在这个浮华的世界上，经常有一些公众人物，会时不时制造一些动静，吹嘘一下自己，炒作一下自己，似乎只有这样，才能找到存在感。毕竟，浮华世界是浮华的人们堆积而成的，只看名头不看内在的人确实很多。

像霞子这样活得真实，懂得以平常心，经营好自己生活的公众人物值得点赞。

我一直认为，一个人最好的心态应该是平常心，最好的状态应该是简单，最好的感觉应该是自由，最好的心情应该是童心。

以一颗平常心，从简去繁。一位哲人说过："你的心态就是你的主人。"其实，人与人之间并无太大的区别，真正的区别在于心态。在纠缠不清的浊世里，在复杂的人心里，享受简单的阳光。那些曾经让你害怕、抓狂的事情，其实也就那么回事。社会瞬息万变，日新月异，如果真有什么能给你一劳永逸的安全感，那就是自己的好心态和不断的努力。

以一颗平常心，处事待人。人与人之间，最大的吸引力，不是你的容颜和财富，而是你传递给对方的信赖和踏实，真诚和善良。为人真诚，与人为善，头顶自有祥云相伴。

以一颗平常心，看淡人情。趋炎附势，是世人常态。认识到这一点，就应当看淡人情的变化，失意时遭遇冷落，不必骂"狗眼看人低"；得意时受到吹捧，也不必飘飘然，还要保留一点清醒。

以一颗平常心，流水不争。老子说："上善若水，水善利万物而不争。"水无常形，顺势而为，为而不争，方达所愿。"不争先"不是不求上进，而是尊重自然规律，不破坏均衡，不因小失大、迷失自我。要像流水一样，慢慢地流淌，一点一点地积攒力量。一个有力量的人，不会斤斤计较谁先谁后，因为他明白细水长流、蓄势待发的道理。

以一颗平常心，对人对己。人与人之间，短期交往靠感觉，长期交往看性格 ，一生交往看人品。时间会验证人心，见证人性。时间让我们懂得真心，明白假意。人生，只要努力了，珍惜了，用心了，问心无愧就好。也许不完美，但自然本真就是成功。相信我们走过的每一个脚印，都是生命的芳华；流下的每一滴汗水，对于明天都有更好的诠释。

以一颗平常心，修身养性。一个人高贵的所在，不是才华横溢，不是美若天仙，不是财权满贯，而是有一颗真诚善良的心。真诚的人，懂得换位思考；善良的人，懂得以身作则。和真诚的人在一起，没有纠结与烦恼；和善良的人处久了，自己也会更善良。真诚与善良来自一个人的内心，有着让人心旷神怡的舒畅，有着坚定而不熄的光芒，无须言语表达，依然温暖如春，美丽无限……

慢点走，拿出一份淡定来养心

去公园散步，看见两位老人在下围棋，他们下棋的速度非常缓慢，令围观的人感到不耐烦。

第一位老人说：“我们一步棋考虑十几分钟已经是快的了，你们知不知道林海峰下一步棋要一个多小时。”旁边的人笑言：“拿自己比林海峰？”

第二位老人说：“你们不知道，围棋要慢慢下才好，下得快则杀气腾腾，不像是在跟朋友下棋。何况，当第一颗棋子落下，一盘棋就开始走向死路。一步一步塞满，等到棋盘满了，棋就死了，要撤棋盘了。慢慢下才好，慢慢下，死得慢呀！”

听老人的话，我心里一惊，感受到一种苍凉的智慧！

是啊，围棋要慢慢地下，生活要细细地品。急着把棋盘下满，这盘棋也该结束了；急着走人生路，人生也该谢幕了……

铁凝曾经写过一个关于跑步的故事。

一个青年和一个老人清晨在公园跑步。青年矫健活泼，老人瘦弱迟缓。本来跑在老人后面的青年，很快就冲到了老人的前边。

他优越感十足地回头叹道："你们这些老人啊，到底是跑不快了啊。"

老人并不生气，边跑边对超过他的青年说："年轻人，你的前边是什么呀？"

青年说："是路啊。"

老人又问："路的前面呢？"

青年说："还有一座桥。"

老人说："桥的前边呢？"

青年说："是一片树林。"

老人问："树林的前边呢？"

青年说："也许是山吧。"

老人问："山的前边呢？"

青年说："我看不见，恐怕就是生命的尽头了吧？"

老人说："那你跑那么快做什么呢？"

青春是可以用来挥霍的，年轻人拥有快跑的资本。话说回来，连快跑都不敢的青春，才真的是枉费的青春。可当心怀优越感的年轻人笑对老人时，怎知老人早就洞悉了慢的昂贵。

明代袁中郎曾说："每见无寄之人，终日忙忙，如有所失，无事而忧，对景不乐，即自家亦不知是何缘故，这便是一座活地狱。""终日忙忙"有时候是一种假象，似乎有很多事做，但做的事都无趣，所以也不知自己在忙什么。

"忙"这个字很有意思，竖心旁边上是个"亡"字，你连心都死了，还忙个啥呢？

今天，我们生活在一个快时代，生命有时候显得格外仓促。

我们总是急赤白脸往前赶，似乎屁股后面有狼追。忙碌、紧张、打拼……城市在不断地扩张，可人依然是那么多，车依然是那么堵。许许多多的打工者，背负着工作养家的责任，一天到晚蜷缩在社会的某个角落里忙着挣钱、升迁，像一头拴在柱子上的牛，为了生存兜兜转转。购物靠网上，交流靠微信，似乎人与人之间只需点对点，不要面对面……

二十世纪六七十年代挺流行的那首老歌唱得好："马儿啊，你慢些走。"

为什么要慢些走？因为："我要把这迷人的景色看个够。"如果马儿跑得太快，跑得尘土飞扬，空气中弥漫着呛人的土味，你还有心情去欣赏沿途的旖旎风光吗？

我们不妨在万马奔腾中揽辔徐行，走得慢一些，捡起那些扔了好久的爱好，无须刻意，不要太费神，行其所欲行，止其所欲止，不抱目的，没有野心，无关宏旨，有益身心。

慢点走，不是不走，而是走得更从容和优雅，走得更稳健和踏实。

慢点走，看一看沿途的桃红柳绿、莺飞草长，看一看路旁的花开花落、云卷云舒，享受一份慢生活带来的平衡平和。

既然拥有生命，就应善待时间；既然期盼未来的厚赏，就应知道如何活好当下。

举头望，去路纵横不可预知；回头看，来路曲折不能复制。那就低头问问自己，在马上有钱，马上有对象，马上成功，马上有一切的"马上欲望"中，心灵是否宁静和幸福？

我相信，这个世界上的大多数人，是渴望与人沟通、交流、友善的；是希望走出窄小的栅栏，走出深深的小巷，分享蓝天、空气和草地，同沐阳光和真情，同时也愿意付出的。

慢点吧！走得太快，灵魂会跟不上脚步。用点心用点时间看看路旁的郁郁黄花、青青芳草，与朋友坐一坐、聊一聊。当你遇到不爽，遇到烦恼，遇到忧愁时，当你逢喜事精神大振想一吐为快时，当你为某事举棋不定犹豫不决时，有个能和你把盏相谈的人该是多么惬意。一起喝点小茶小酒，没有追逐名利的劳顿，没有高低贵贱的纠结，没有互设心防的紧张。随意、轻松、潇洒，在东一句西一句、你一言我一语的闲聊中，忧愁排解了，兴奋共享了。

痛苦分出一半肩上会轻松一些，快乐分出一半更感人生的美妙。

慢点走，拿出一份淡定来养心……

没有行与不行，只有做与不做

情绪不好、有点焦虑的时候，我常常会想起我的好朋友、舞蹈家培艺的一些小事。

若干年前，我在文艺团体工作，培艺是一名非常优秀的舞蹈演员。她舞蹈的基本功很厉害，尤其是旋转，一个人在舞台中央，能不停旋转十几分钟。当你看她转个不停，自己都快晕时，她能戛然而停，丝毫不影响下一个动作。这个时候，观众席会爆发出如潮的掌声。

我很好奇，她为什么能这么长时间旋转而且不晕？她云淡风轻地回答：“简单，你只要找到一个定点，每次转过来的时候，都看着那个定点，你就可以继续转下去。”

找到一个定点，这句话充满了哲理。

定点，也是目标！

有目标的人在奔跑，没目标的人在迷茫，因为他不知道要去哪里；

有目标的人忙得焦头烂额，没目标的人闲得无聊发慌，因为他不知道能去干吗。

有目标的人，工夫都花在实现目标的途中，哪有时间去焦虑？一个人之所以小情绪多，之所以焦虑，主要是因为太闲，没有目标。

作家村上春树从二十多岁出版了第一本小说后，至今三十多年，不间断地写作、出版。他把自己的一天规划得井井有条：清晨出门跑步，然后写作至中午，下午学习。很多人羡慕他整洁、温馨的书房，有唱片、吧台、各种小玩具。如果你能像他一样，每天坚持写作四小时以上，长达四十年不间断，那么你也配拥有一间这样的书房。

好朋友阿婧常年坚持业余时间写作。在她看来，写作是一种长期的自律训练，当你懂得自律时，碰到的困难都不算什么。她每天都会和自己结账，今天有没有做什么有价值的事，考查自己有没有荒废时间。她之所以不焦虑，是因为已经往前走了不少。在其他人把时间用于扯闲篇儿、无聊发呆、甚至猜忌瞎折腾的时候，她把时间花费在了写作这个美好的事物上。

不焦虑，是人生给予自律者的奖赏。

不焦虑，是有底气的自给自足，而不是没有目标的得过且过。

给自己一个努力的目标，没有行与不行，只有做与不做。

想干总有办法，不想干总有理由。不是井里没有水，而是挖得不够深；不是成功来得慢，而是放弃得太快。

人生有目标，就不会焦虑。有梦的人生才有路，有路走才有方向。大不了多跌倒一次，爬起来就是，命运靠自己转弯，自己走出来的路才更精彩。

如果，你感到自己很辛苦，埋怨命运不眷顾，那就告诉自己：命，是失败者的借口；运，是成功者的谦词，成功者从来都把命运掌握在自己手中。

焦虑、抱怨，都是懦弱的表现；努力、坚持，才是人生应有的态度。感到吃力，那是在走上坡路，咬紧牙，坚持住，挺过去，就一定能看到艳阳天。

只有努力，才有实力！

有了实力，才有尊严！

你给我一分的好，我还你十分的暖

看到两个关于人与动物的故事。

夏衍是中国文学、电影、戏剧作家和社会活动家，他曾经担任文化部副部长。夏老爱猫的故事也广为流传。

据说，夏衍小时候就爱猫，童年就与一只同岁的猫同床共寝，到老年时期，交友会客都不避猫。

在许多存世的照片里，夏衍常常手里抱着猫，还任由猫在来访的文坛客人膝上、外国友人怀里、客厅茶几上爬来爬去。

“文革”时，夏衍被打倒。1975 年 7 月，被解除“监护”的他，可以回家了。八年又七个月的“监护”，让夏衍骨瘦如柴，右腿被踢骨折，落下终身残疾。家里的小院已物是人非，正在大家唏嘘之际，一只老猫循着声音慢慢走了过来。原来是夏衍被抓前养的黄猫博博，见到主人回来了，费力地叫唤着。

家人见状大为惊讶，因为自从夏衍被抓后，博博四处流浪，消失无踪。谁能想到，这天博博如有神灵指引般，在老人回家的时候，竟然出现在小院里。

更令人惊讶的是，第二天博博就死了。它好像长久以来，就是在等待主人归来，好见主人最后一面……

这是一只“义猫”。

八年里，夏衍吃尽了苦头，被监禁、批斗、受审。那个特殊的年代，人与人的关系是扭曲的，而猫却忠义。

英国《每日邮报》曾报道过一只“世界上最忠诚的狗狗”。

每到夜幕降临，都会看到一只德国牧羊犬，守在一座墓前，不论墓区工作人员如何驱赶，它都坚定地卧在那儿一动不动，只偶尔抬头望向远方。

这只牧羊犬一待就是十一年，不论酷暑与严寒，以至于墓区即将退休的老员工，会跟年轻管理员特意交代：要照看好这条狗，它守护自己主人的墓整整十一年了，它才是这儿最老、最忠实的员工！

原来，阿根廷人 Miguel 本是给儿子过生日买了这只狗狗。但儿子课业多，没时间照料这只小可爱，自然而然，Miguel 便担当起了照顾任务。于是，一人一犬，每天形影相伴。

但这幸福的一切，在 2006 年戛然而止。Miguel 因病突然离世，当家人怀着悲痛的心情，安葬完 Miguel 后，他们发现，一夜之间，狗狗从家里消失了。家人发动亲戚朋友找了几个月，也毫无音讯。“或许它找到另外一家好主人了”，家人只能这样相互安慰。

直到一年后，Miguel 的家人前往墓地祭拜。走近墓碑时，远远望见一个熟悉的“身影”，原来是那只失踪的狗狗。

“那一刻，我们都惊讶得说不出话，要知道墓区距家有十五个街区之远，而我们当时根本没带它到 Miguel 的墓地，它是怎么找到这儿来的？”

墓区的工作人员告诉 Miguel 的家人：每天晚上，它都会趴在墓前，怎么赶也赶不走。家人都很奇怪，在墓区上千座墓碑中，它是如何准确地找到主人的容身之处的?

工作人员翻看了监控，看到狗狗低着头，在墓区一刻不停地闻了好几个小时。终于，它走到一座墓碑前，叼走败落的枯枝，然后安静地趴在那儿。

一天，两天，一年，两年……

整整十一年，陪伴成了它生命中的唯一。

一辈子，它都在为主人而活，似乎一直在等着主人醒来。

2018 年 2 月 22 号，一个清丽的早上，狗狗被发现躺在主人的墓碑上，安静地离开了这个世界……

一猫一狗，忠义温暖。

你给我一分的好，我还你十分的暖!

它若爱你，就会永远爱你，不论你做了什么，发生什么事，经历了多少时光!

它若爱你，不管你如何待它，风顺也罢，逆境也罢，贫穷也罢，富足也罢，它都不离不弃!

它若爱你，你怎样都行，它永远不会烦你，只要你对它好，它就永远对你更好!

在这个不易被感动的年代，一猫一狗忠义温暖的故事，却感动了我……

快找个摄影师嫁了吧

天高云淡，风凝树止，千山万壑，溪水静流……

天地间万般风情美景，定格在睁眼闭眼间……

完美的构图，丰富的色彩，纯粹的美景，那种心灵的愉悦与享受，真的会产生一种魔力。

我常常想，究竟是什么鼓舞着摄影师们，让他们在这个充满艰辛的领域中，不退缩，不放弃，让摄影这种瞬间艺术充满了魅力？

摄影师老孟告诉我：做一个目击者！

的确，摄影语言比文字直观、真实，尽管照片仅捕捉瞬间，但瞬间却能揭示永恒，表达内涵，传递意境，让人过目不忘。

说实话，我很敬佩摄影师，他们通过镜头，睁眼观察生活、关注社会，闭眼思索人生、直面现实。

相同的喜、怒、哀、乐，希望和恐惧，在摄影师镜头里就有了不一样的审美韵味。

相同的山、水、花、鸟，风光和人情，在摄影师镜头里就有了不一样的五彩缤纷。

优秀的摄影师，俘获人心，带来视觉的盛宴。

大自然微妙难测，瞬息万变，伟大的摄影师，用自己的脚步和眼睛，体悟体验大自然的往替兴衰，四季更迭，草木枯荣。

在他们的镜头里，或荒寒、或萧疏、或清秀、或气象万千、或韶秀妩媚，他们以自己的独特生命与视角，去拥抱融化世界。

山水虽一物，可在摄影师镜头中，却是无穷，他们将有限变无限，以一己之芳心，出山川之生意，顷刻间千秋事业，方寸地万里江山。

我大学同班同学王红和孟志远，他们是在弥漫的硝烟、连天的战火中走出来的摄影大家。

摄影本身并不能阻止战争，但摄影师拍出的照片，可以揭示战争的残酷，提醒人们珍惜和平。

时光流逝，硝烟的味道在泛黄的照片中潜影，而照片是永不生锈的炮弹。

王红、孟志远是钟爱生命的，可他们更钟爱象征生命的瞬间。他们以生命和鲜血换来的难忘瞬间，已镌刻在历史的年轮上，他们身上残存的弹片，胜过所有的金质银质勋章……

据说，世界上年龄最小的摄影师，是美国一个五岁的小男生休伊，小小年纪的他，已经是《国家地理》杂志的签约摄影师了。

《国家地理》是美国国家地理学会的官方杂志，也是目前世界上最广为人知的一份杂志，他们的选片标准极其严格，千分之一的选片率。

据说，摄影师们拍的照片，如果能登上《国家地理》杂志，是一件很荣耀的事。

休伊的爸爸是国家地理杂志的摄影师。因为陪伴儿子的时间太少，2014年，他决定带着儿子一同出去，边工作边陪伴儿子。路上，爸爸突发奇想，决定给儿子买一部傻瓜相机，让他自己玩。

就这样，五岁的小休伊开始玩相机。

小家伙看见什么拍什么，想怎么拍就怎么拍，完全是随心所欲。什么构图啊，光线啊，都按照自己的喜好来，他“任性”地拍了一千多张照片。

休伊的爸爸在推特上为儿子建立了一个账号，上传他的作品，没想到，居然很快拥有了几十万粉丝。

这一年，还在上幼儿园的小休伊，成为《国家地理》杂志有史以来年龄最小的签约摄影师。

休伊的爸爸说儿子的成功，是因为他的视角跟成人的不一样，他的照片都是站在距离地面一米的地方拍摄的，而这个角度，是很多人不太注意的角度。

除了角度的独特，孩子不懈的坚持，做事的专注，关键是爸爸的言传身教，更是最最重要的。

看的地方越多，体验越多，心就越大，对这个世界就会越宽容。也许，这是许多人爱好摄影的缘故吧。

有一双善于发现的眼睛，虽然不拥有丰富的物质，可摄影师们的灵魂是自由飞翔的，心灵是恣意舞蹈的。

这也是一种幸福！

据说，柴静嫁给了摄影师，姚晨嫁给了摄影师，蒋雯丽嫁给了摄影师，倪萍嫁给了摄影师，陈鲁豫嫁给了摄影师……她们为什么都愿嫁给摄影师？

有人分析说，爱情的本质就是自恋，就是寻找一位欣赏自己的人，而摄影师无疑是最能发现和挖掘女人风采的人。

想起一句话：女人为心而动，男人为新而动。

爱，从来不用设定，只要怦然心动。

未婚的亲们，快找个摄影师嫁了吧，让他成为你的御用！

当然，如果你能自己玩镜头，那该是多棒的一件事……

自己重用自己

林克莱特生于瑞士，二十五岁移居美国，在港务局当办事员。其实，林克莱特还有不少潜力，他喜欢工程设计，但特长并没有机会得到发挥。不知不觉中，到了六十岁该退休了。

忙碌了大半辈子，突然闲下来有点不习惯，妻子看到沮丧的丈夫，微笑着说："退休了，你应该高兴才对。你有才华，又有自由的空间，完全可以自己重用自己，去实现做一名伟大工程师的梦想！"

"自己重用自己"，这句话点醒了林克莱特。他很快走出了失落的情绪，朝气蓬勃地开始实施自己重用自己的计划。

林克莱特利用自己的技术，在世界各地创造出一个又一个令人瞩目的建筑经典：壮观的埃塞俄比亚首都亚的斯亚贝巴机场；雄伟的华盛顿杜勒斯机场；世界上最长的悬体公路桥……林克莱特作出了连自己都意想不到的贡献，成了一位当之无愧的建筑大师。他被许多大学聘为博士生导师，也经常给同学们讲课或作报告。总有人请他题词留念，他写得最多的两句话就是："埋怨别人，天昏地暗；改变自己，风和日丽。""自己重用自己。”

我的中学同学张炎，先后在新疆伊尔克什坦和吐尔尕特边境口岸工作多年，不到五十岁就退休了。在外人眼中，这正是男同志干事业的黄金年龄，提早退休有点可惜。可张炎不这么看，他退休后买了一辆SUV城市越野车，每年都安排旅行计划。他说孝敬父母不能等待，趁父母腿脚还行，要带着父母走世界，看天下。他和妻子带着父母走遍了新疆所有的边境口岸，下一步，准备走内地。张炎看似平淡的生命中，蕴含着一座丰富的金矿，他对自己的重用，就是尽孝心。谁能说这不是一种伟大？谁能说这不是一种幸福？谁能说这不是一种成功？

自己重用自己，给自己确定一个目标。无论这个目标是伟大还是渺小，总之要有。没有目标的人生，好比在黑暗中远征。给自己一个目标，可以是一辈子的目标，一个时期的目标，一个阶段的目标，也可以是一个年度的目标，一个月份的目标，一个星期的目标，一天的目标……追求的目标越直接，实现目标的脚步就越快。所有成功的道路都是目标铺就的。伟大的目标构成伟大的心灵，伟大的目标产生伟大的动力，伟大的目标造就伟大的人物。

自己重用自己，成为一座根基牢固的山，而不是一粒恣意飞扬的沙。我们改变不了这个世界上的许多东西，但我们可以改变自己。改变不了狂风暴雨，我们可以加固心灵的大堤；改变不了生活中的不如意，我们可以改变生活的态度。在纷纷扰扰的尘世间，给自己的思想增加深度，抵御各种诱惑的纠缠；给自己的知识增加厚度，在竞争的时代自由驰骋；给自己的心灵增加纯度，活得大气从容简单热情。

自己重用自己，不以别人眼中的成功来评判自己，营造自己的良好心境。心，是自己的天地，你可以把地狱变成天堂。在充满各种压力的现实生活中，营造心境，超越生活，实现自我思想、文化和精神的拯救，从而开垦出芬芳满地的精神世界。

自己重用自己，规划、经营、爱护好自己的青山。没有哪一座青山是一夜之间绿起来的，把调子放低，把事情做好，积累到一定程度，机会就会不期而至，人生的青山才能越来越“绿”。

自己重用自己，活出精神的灿烂。美国著名插画家“塔莎奶奶”，已经九十二岁高龄却依然美丽优雅。她守着如花的生命，怀着如花的心情，把每一个平凡的日子都过成美妙童话。她以自身的行动告诉世界，精神灿烂，可以击溃衰老。

一个精神灿烂的人，可以活成一座花园；

一个精神灿烂的群体，可以活成一种传奇。

警惕人性中的恶

《无问西东》是一个有点哲学韵味的电影片名。

说实话，去看这部电影，也是冲着这个片名去的。

这个片名出自清华大学校歌中的一句歌词：“立德立言，无问西东。”导演李芳芳解读道：“在成长过程中，每个人都面临纷繁的选择，受到万事万物的干扰和阻碍。无论外界的社会如何跌宕起伏，都对自己真诚，坚守原则。内心没有杂念和疑问，才能勇往直前，无问西东。”

影片的时间背景从1923年开始，到2010年，跨度将近百年。讲述了三个时期的四代人，他们看似彼此间没有什么关系，但冥冥之中，所有人的命运，都被一个叫作“善与真”的东西牵绊在一起。

人性有善恶两面，善不能扬，恶就横行。

传达人性中的“善与真”，是这部片子中人设、台词的突出符号。

因为，善与真是人性光泽的一束亮光，是道德范畴的一座丰碑，是心灵世界的一座金矿！

法国思想家卢梭说：“善良的行为有一种好处，就是使人的灵魂变得高尚，并且使它可以做出更美好的行为。”英国哲学家培根说：“善良是人类一切精神和道德品格中最伟大的品格。”《三字经》开篇即云：“人之初，性本善。”

影片中，章子怡饰演的王敏佳，是个悲剧味道很浓的角色。

因为年少的虚荣和意气，她与李想共同写信批评老师的妻子虐待丈夫，而被纺织女工刘淑芬找到她工作的医院来，反咬一口说她勾引了自己的丈夫。医院对王敏佳展开批斗，没有人听她解释，也没有人关心真相到底是什么，众人都像打了鸡血般兴奋，乐意成为批斗的帮凶，对她拳打脚踢，棍棒相加。而一起写信的李想选择了明哲保身……

自保是人性，李想选择沉默，让王敏佳独自一人面对批斗、谩骂和拳打脚踢。话说回来，他就是站出来，又能怎样呢？即使他说了人话、做了人事，也救不了王敏佳，而且自己也可能要付出生命的代价。

“谁肯艰难际，豁达露心肝？”

被时代裹挟的小人物，成不了英雄。

其实，纺织女工刘淑芬也是个好人。不是好人的话，她就不会供养许老师上大学，就不会看到倒在血泊中的王敏佳而崩溃跳井。一个不被丈夫善待的好人，害死了另一个“见义勇为”的好人，最终一死一伤。

没有人做错，错的是人性中的恶被激活，跑出了“潘多拉的盒子”。

面对明哲保身的苟且，灭绝人性的批斗；面对被诬陷，被羞辱，被毁容；面对被最亲近的人背叛，王敏佳也没有出卖别人，坚守住了自己的善良。

能做到这一点，很了不起。

“在一个时时想把你变为另一个人的世界里，依然做你自己，就是最大的成就。”

作家孙盛起在《整人和被整，一个持续了半个世纪的轮回》一文中写道："我们这块饱经沧桑的土地，曾经被几十次政治运动的风暴所席卷，而这些运动大多可以用两个字概括：整人。

"当整人运动席卷而来的时候，几乎所有人都希望自己是整人者而不是被整者，这是人性，尽管这种人性是那样的卑劣。除了操纵运动的人以外，没有人能够保证自己是安全的——使得人人自危，这就是整人运动的妙处。今天的整人者，明天也许就是被整者，这样的轮回在华夏大地反复上演。

"不可否认，即使是最凶残的整人者，很多也是形势所迫，不得不投入整人的旋涡之中，因为人性中的恶一旦被释放出来，正如法国哲学家萨特所说'他人就是地狱'，你不整他，他就整你，于是乎人们一个个争先恐后地整人，生怕后下手遭殃，成为被整的刀俎上的鱼肉。"

很多时候，个人的悲哀，也是时代的悲哀。

有一则寓言故事：老鼠和青蛙是好朋友，每天早晨青蛙跳出池塘，到朋友的洞里做客，中午再返回自己的家中。

老鼠很高兴青蛙每天来陪伴自己，却不知道青蛙已经变了，它觉得老鼠看不起自己，因为它每天去找老鼠，而老鼠却从来不回访。

终于有一天，青蛙觉得受够了。它向老鼠道别时，拿出一根绳子，一端绑在自己腿上，另一端绑在老鼠的尾巴上，然后一个猛子扎到池塘深处，老鼠没法解开绳子，很快就淹死了，肿胀的尸体浮在水面上。

一只老鹰看到老鼠，俯冲下来将老鼠抓起飞到树上。青蛙自然也被拖了出来，它拼命地想解开绳子，但来不及了。老鹰很快就结束了青蛙的挣扎。

正应了那句谚语：给别人挖的陷阱不要太深，因为你自己也有可能掉进去。

好的社会生存环境，能够使人性中的善成长、圆满、光大；而在差的社会生存环境中，恶就会探出狰狞的面孔，发出骇人的狞笑，因为它看到了适合自己生长肆虐的土壤。

一个人心里如果没有足够多的崇高和美好的情感，如果充满了恶的东西，并将这种恶毫无廉耻地释放出来，那将是人间的灾难。

播下善风善雨，收获善果善实。

善与真是人性的雨露甘霖，是心与心的亲和与信赖，是爱的共振与交融。善与真让人间充满仁爱，让岁月溢满温馨。它是风雨中为你撑开的一把伞，它是黑暗中为你点亮的一盏灯，它是危难时向你伸出的一双手。

多一点善与真，生活就会多一些光明，人生就会多一些温馨，人心就会多一些希望，人性就会多一些高尚。

有时候，哲学解决不了我们精神里的困惑，科学也解决不了世上许多的问题，但善良、善举、善念能让我们接纳、承受、包容。这才是我们心灵永久的家园，这才是世界上最强大的力量。

《无问西东》传达的“善与真”的价值观值得深思，片中梅贻琦说得好：“你看到什么，听到什么，做什么，和谁在一起，如果有一种从心灵深处满溢出来的，不懊悔也不羞耻的，平和与喜悦，那就是真实。”

愿我们真实地善良。

第四辑　短章拾英

春天里，不与百花争艳；夏天里，不与大树争荫；秋天里，不与枫叶争红。自然天成的芦花啊，成长着、飘落着、淡定着、从容着，一卑一微皆成生命！

云舞高天，鱼戏浅水，世间万物，自由来去。

爬到山顶，就是悬崖；黑到尽头，便是黎明。

良心，是最好的枕头

当语言褪去喧哗，只剩下沉默。

当爱恨变成云烟，只留下追忆。

当大浪淘去尘沙，只剩下痕迹。

当对面疲惫的你，变成镜中的自己……

沉默，也许是最好的诉说。

云舞高天，鱼戏浅水，世间万物，自由来去。

爬到山顶，就是悬崖，黑到尽头，便是黎明。

有些道理，讲不清楚，

适时混沌，比清醒好。

刻在石头上的，也会被无情遗忘；写进历史书的，也会被熟视无睹。甚至，会倒过来读，

浩浩荡荡的兵马俑，保护不了沉睡的始皇帝。

没有什么，扛得住时光变戏法般的糟蹋，残缺走在通往完美的途中，永不到达！

所谓塞翁失马，所谓风水轮流转，所谓三十年河东三十年河西，都是真理，只不过，弄丢了开启它的钥匙。

美与丑，黑与白，善与恶……相依共存，不可分割。不要把一切想象得过于美好，不要把一切想象得过于丑陋，万物自有本相，眼睛看到的，不一定是它的灵魂。

良心，是最好的枕头，心中清明，睡眠，就像婴儿一样简单踏实！

把对别人的好，匀一点给亲人，给自己，用快乐去啄食生活的辛酸。没有大海，一样春暖花开，不骑瘦马，一样悠然自得。乐度行云流水生涯，笑看浪花淘尽英雄……

哪有完美生活，不过是笑对人生

每个人的生活里都有别人看不到的苦处和难处，皱着眉头把它们放大，愈发觉得生活辛苦；笑着将它们化解，生命里便多了简单和美好。人生短短几十年，没有什么完美生活，只不过有些人会笑对人生。用一程轻盈的脚步迎来春暖花开，用一张温馨的笑脸迎来和煦春风！

有定力，才会控制好情绪；有睿智，才会平衡好心态。别害怕被人利用，能利用说明你还有用；莫担心被人贬低，能贬低证明你并不低。做人能低头，做事要抬头。低头不是自卑，而是看清脚下的路；抬头不是自负，而是看见自己的天。人的尊严源于思想，人的胸怀在于格局！

生命很短暂，没有时间去遗憾。时间不会等我们，也不容许我们从头再来。抛弃那些“我不行”“我不会”“我做不来”的精神细菌，在广阔的人生里摸爬滚打吧！

不去和别人比较，平衡好自己的人生；不要和自己计较，经营好心灵的田园。只有过不去的人，没有过不去的坎。把简单弄复杂那是找事，把复杂弄简单才是本事。可以认真，但不必较真。不钻牛角尖，不开顶风船。心中一盏灯，脚下一条路。能思考，能承担，生活就有希望；不困惑，不迷茫，人生就有出路。世事本无常，心安是归处！

人与人之间容易相互影响，要想行得稳、走得远，就得慎交友、结好伴。远离那些所谓的“能量大”“会来事”“江湖气”“两面人”，让自己的朋友圈“如入兰室”，神清气爽。

受伤的时候能忍受，历练的是毅力；受苦的时候能坚忍，收获的是强大。只有经得起挫折委屈，将来的日子才能成熟练达。用真挚情感去品味人生，用平和心态去感受生活。云卷终有云舒，日落终有日出。接受岁月洗礼，丰盈美好生命！

真理有时也会弄丢钥匙

所谓团结，就是每个人要自觉把自己的利益抛弃一部分，棱角磨掉一部分。就比如两个圆要变成两个方，只有相互削去棱角才能紧密起来。如果希望自己不被削，而只削对方，削自己就坚决不干，那就永远不会团结，或者是伪团结。

有些人讲起道德来，评论起别人来，一副指点江山唯己正确的模样。可只要涉及自身利益，立刻就糊涂成一罐糨糊，什么原则，什么真理，都会来个“女大十八变”。

很多时候，高度赞扬的话都是给去世的人说的。活着的人万万不可太当真，如果你太当真了，那更多的责备便如同下坡路上的车，会刹不住，也停不下。

一个自身没有情操的人，永远不认为别人会有情操，也永远不相信别人的情操；一个自身复杂的人，永远不认为别人会简单，也永远不相信别人的简单。

一个球，半白半黑。看到白面的人说是白球，看到黑面的说是黑球。

他们都没有错，错在没有跑到另一面去看，而要去看另一面，需要思考力。思考力决定着一个人的判断力。

俗话说，器小易盈。越是见识少、心胸窄的人，越是稍微有一点气候便自我膨胀。就如同手中握有一点权力的人，只要没人指出他的错误，他就以为自己永远没有错误。

不论置身什么场合，都会有趣味相同或话不投机，都会有高天丽日或缠绵苦雨，都会欣赏到美或发现瑕疵，都会看到可爱或看见缺陷不足。如果希望生活在幸福之中，希望得到别人的尊重，就一定远离那些不一分为二看问题、只会尖酸刻薄牢骚满腹发泄指责的人。因为，这些无助于问题的解决，只会让心情更郁闷更阴霾。

一切的美与丑，黑与白，善与恶，都相依共存，不可分割。不要把自己喜欢的想象得过于美好，也不要把自己不喜欢的想象得过于丑陋。万类自有本相，出来混迟早要还。相信真理一直都在，只是有时也会弄丢了钥匙。

重量级的情话

重量级的情话是什么？不是“我爱你”，这三个字没有独特性，它多出现在文学作品里。重量级的情话，也不是《泰坦尼克号》那句“答应我，无论怎样绝望，你要生存下去”。不是每对情侣都要面对生离死别。

夫妻是“牵手”，同心相牵挂，一缕情依依。重量级的情话，是那些听起来很普通的小话：“别担心，有我！”“开车慢点啊！”“别忘了吃药！”“就愿意吃你做的饭！”“只要你开心，我就高兴！”

真正重量级的情话，轻得像一根羽毛，不经意间飘落在对方心里，却正好搔着她(他)的痒处。

人世间有一种相遇，不是在路上，而是在心里。

人世间有一种陪伴，不是用身体，而是用灵魂。

人会老，会离去，无论长了一张什么样的脸。节约时间，去爱你喜欢的人，去做你喜欢的事。

这个世界上，所有的爱都是沉重的、束缚的、纠缠的。甜酸苦辣，悲欢离合，但这也是生命的分量所在。毫无羁绊的轻松，像气球飘在空中，反而会成为生命中无法承受的茫然和危险。

爱不是玫瑰钻石，不是山盟海誓，而是倾听，是安慰，是陪伴，更是静默。一起旅行，一起读书，一起聊天；共同感受，共同呼吸，共同体会；一菜一蔬，一羹一饭，那是有烟火气的情感，笃实妥帖，安稳丰富。

社会进步了，物质丰富了，用不完的热量成了挥之不去的负担。对爱人最好的关心，就是少一点油水，多一点锻炼，保持最起码的力量和最基本的敏捷。身体是跟随我们一生的朋友，那里居住着自己的灵魂。如果身体垮了，所有的爱都会成为漂萍。爱惜自己的身体，就是在乎关心你的人！

生命不应只是一条平静的河流，缓缓流过。生命应该有一次完全的投入，释放一种澎湃的激情，完成一次圆满的绽放。

不必在意余年还有几许，不必在意前方路上有什么安排，只要两相厮守，一起老去……

好因有好果，好人有好报

有一种美丽很柔软，我们看不见，摸不着，需要用心来感受，这种美丽就是善良。清澈的水来自雪山之巅，人的善良来自纯净的心底。相信好因一定会有好果，好人一定会有好报！

有些话，能不说就沉默，藏在心里更适合；有些伤，能不揭就放下，无声忘记更明智；有些人，可以看穿，但不要戳穿。我们永远不知道自己在别人嘴里有多少个版本，所以，做好自己原本的样子就好。

一段路上，朗朗的笑声；一段路上，委屈的泪水；一段路上，懵懂的坚持；一段路上，茫然的取舍；一段路上，成功的自信；一段路上，失败的警醒……所有的经历都会成为经验，生命的丰盈在于心的善良，生活的美好缘于一颗平常心。不必刻意雕琢，踏踏实实做事，简简单单做人就好。

有些事，挺一挺，就过去了；有些人，狠一狠，就忘记了；有些苦，笑一笑，就冰释了；有颗心，伤一伤，就坚强了。快乐靠自己，没有谁能真正分担你的悲切；坚强靠自己，没有谁会怜悯你的懦弱；努力靠自己，没有谁会陪你原地停留；珍惜靠自己，谁也不愿意挥霍自己的青春；执着靠自己，没有谁能够一直陪你走到底。

有些事不是不懂，只是不想懂；有些事不是不知道，只是不想说出来；有些事不是不明白，而是无能为力，于是就选择了沉默等待。有些痛苦适合无声无息地忘记，有些快乐适合无声无息地回味。

欺骗你的人会增长你的见识，绊倒你的人会强化你的能力，中伤你的人会砥砺你的人格，藐视你的人会觉醒你的自尊，斥责你的人会助长你的智慧，伤害你的人会磨炼你的心志。这是宇宙对称平衡机制，就如老虎的背上不能再长翅膀，凡事都有它的对立面，如影随形。

总认为自己正确的人，其实是离道最远的人；总喜欢与人争辩的人，其实是头脑最不清醒的人。

要能抬头，更要能低头。一仰一俯之间，不仅是一个姿势，更是一种态度、一种品质。

有缺憾，满足感更令人难忘；懂惜福，幸福感更令人回味。一次失败，不是人生的终审，世上没有一帆风顺的事，只有坚强不倒的信心与毅力。成功靠自己闯，心在哪里，路就在哪里！

谁也不用自卑，谁也不要骄傲

每个人的生命都有高潮期和低潮期。高潮时顺风顺水、春风得意自不必说，如何度过低潮期，才真正考验一个人的智慧和耐力。

如何度过低潮期？一位哲人讲得好：好好睡觉，像一只冬眠的熊。锻炼身体，坚信无论是承受更深的低潮或是迎接高潮，好的体魄都用得着。和知心朋友聊天，少发牢骚，多回忆快乐时光。多读书，看一些传记，增长知识，顺带还可瞧瞧别人倒霉的时候，是怎样挺过去的。做家务，把平时忙碌顾不上的活儿，都抓紧在此时干完。

当我们快乐幸福的时候，成功欣喜的时候，觉得命运是如此的公平。当我们沮丧彷徨的时候，孤独寂寞的时候，觉得命运是那么的不公平。

当美好辉煌的时候，要提醒自己，除了个人的努力奋斗，命运的光环也在笼罩我们。在这个光环里，居住着机遇、偶然，居住着帮助过我们的人。当挫折悲哀袭来的时候，也要时时提醒自己，走出软弱、纠结和怨天尤人，镇定地面对困难。

岁月送给我们苦难，也一定会馈赠我们清醒与冷静。

安静的夜晚，一盏灯，一壶茶，一抹月光，翻开书页，邂逅那些带着哲思的语言，用心感受每一篇文字的芬芳，用心体会每一张图片的精美，走进内心深处最安静最美好的时光，细细品味那些隐藏在日常生活中微小的快乐和幸福，灵魂会一点点被擦亮。

人生短暂，真正的幸福，不是活成别人希望的那样，而是能按照自己的意愿，做自己喜欢的事，爱自己喜欢的人。

这个时代，始终做一个善良正直的人很难，有太多的诱惑，太多似是而非的理由，让我们怀疑坚守心中的善良是否真有意义。然而不管怎样，还是要做善良的自己，至少善良使我们坚强，面对生活的挫折磨难，才不会轻易失掉内心的安宁。

谁也不用自卑，谁也不要骄傲，站得高未必看得远，跑得快未必先到达。围棋大师吴清源说得好："下围棋就是两个人接连地犯错误，犯得大的、犯得多的输棋。"人生也是如此，从有钱人变成没钱人，从有权人变成阶下囚的事儿，已经不少了。人生棋盘上，少走几着坏棋就是赢家。

一句懂你，温暖了岁月

人活一辈子，无论爱情还是友情，一个懂你，一个珍惜；一个不离不弃，一个相濡以沫。需要的并不多，仅此而已。

有人懂你，路再远，也是近的；有人懂你，水再淡，也是甜的；有人懂你，夜再长，也是短的；有人懂你，天再冷，也是暖的。

懂你，是一种无言的温暖，是一种无形的陪伴。有时候只要一个拥抱、一个眼神，便一切尽在不言中。

因为彼此懂得，所以心怀感激；因为彼此眷恋，所以格外珍惜。心若相知，无言也默契；情若相眷，不语也怜惜。

懂你，相伴在彼此心里，是生命的一种交集，是灵魂的一种相依。

懂你，解读的是心事，给予的是不离；付出的是情意，收获的是珍惜。

能够彼此相望的眼睛，便是最美的风景；能够彼此相知的心灵，便是最暖的感应。

心灵深处的懂你，胜过万语千言；精神层次的认同，超越风尘俗世。

所谓知己，就是那个懂你的人！

懂你成功背后的艰辛，懂你坚强背后的不屈。懂你的苦，懂你的累，懂你执着的梦，懂你强大的心。

一句懂你，温暖了一段岁月；

一句疼你，感动了一个生命。

懂你，何需千言万语，默默地给予，深深地疼惜。心与心的靠近，手与手的相牵，生命与生命的合一。

懂你，万水千山不再是距离，而是心灵的相依；地老天荒不再是传奇，而是生命的奇迹。

目中有人，才有路，

心中有爱，才有度。

懂你，自有一颗善待他人的心；懂你，自有一颗尊重他人的心。人生，并不全是竞争和利益，更多的是相互成就，彼此相依！

一句懂你，时光不老，故人不散；

一句懂你，流年无恙，岁月情深。

不是没有泪，而是学会了坚强

不是没有泪，而是学会了坚强；不是没有苦，而是学会了忍耐；不是没有错，而是学会了面对。

读的书越多，你的世界越大；受的伤越多，你的心胸越宽；吃的苦越多，你的忍耐越强。

男人之美在于大度，女人之美在于善良，孩子之美在于天真，家庭之美在于和谐，生活之美在于品位，朋友之美在于真诚。

胸怀是委屈撑出来的，烦恼是自己想出来的，痛苦是与人比出来的，疾病是恶习生出来的，心态是经历磨出来的，快乐是知足养出来的，健康是活动练出来的。

生命如同一把椅子，坐上了庸俗和卑劣，就坐不下伟大和崇高；坐上了虚伪和戾气，就坐不下纯真和善良；坐上了自私和冷漠，就坐不下爱心和热情……

心情不是人生的全部，却能左右人生的全部。心情好，什么都好，心情乱，一切都乱。好心态塑造好心情，好心情带来好身体。

从来没有什么一鸣惊人，都是在尝试中摸索前进。需要帮助就张嘴问人，需要努力就抓紧去做。把汗水化作追求的脚步，用初心演绎人生的梦想。

世上最大的开发区，就在你的帽子下面。时间抓住就是金子，抓不住就成了流水。强者从逆境中找回自信，弱者在自卑中丢失自我。缺什么也不能缺健康，少什么也不能少精神。

常想好事，好事降临；总想坏事，坏事敲门。用心去触摸属于自己的阳光，用爱去创造属于自己的世界，凡事顺其自然才是生存之道。

工作像蚂蚁，生活像蝴蝶

欣赏别人，就是庄严自己；原谅别人，就是善待自己；诽谤别人，就是污染自己；尊敬别人，就是尊重自己；计较别人，就是贬低自己；感恩别人，就是成就自己。

想改造世界的人很多，想改造自己的人很少。欲改造世界，先改造自己。

受挫时不说胡话，妒忌时不说闲话；被忽略时不说怨话，被表扬时不说狂话。

好日子给我们幸福，坏日子给我们经验。与其怨恨别人的无情，不如剖析自己的无能。

弱者惧怕别人的意见，愚者抗拒别人的意见，智者研究别人的意见，强者汲取别人的意见。

人生不言后悔，呵护你拥有的，珍惜你经历的，把握你未来的。

弯腰不等于个矮，忍耐不等于无能。做事要得寸进尺，做人要退让三分。工作要像蚂蚁一样，勤劳一生，为自己的年华谱写绚丽。生活要像蝴蝶一样，善待自己，让有限的生命多姿多彩。

没有风暴，船帆不过是一块破布。没有雷雨，雨伞不过是一个摆设。没有野兽，猎枪不再有用武之地。没有黑暗，人们不会盼望着日出。

为了远方的蔷薇，不惜踩坏眼前的玫瑰，不是无知，就是愚昧。稍许收回目光，身边的景色其实也很美。

善良，对公众是道德的奉献，对暴徒却是致命的弱点。真诚，对朋友是应有的品性，对敌人却是百倍的危险。

伪装，在战场是一种谋略，在商场却是一种欺骗。因人而异，要看清对象，因地制宜，需正确判断。

市井万象，人走茶很难不凉。

舞台再精彩，演员总要卸妆。

演出时的欢呼，也许是出于捧场，谢幕时的掌声，才是最动人的乐章！时来自是春风得意，运去不必满脸惆怅。

花开自有花落时，人生滋味样样有。别人能过河，你也有路走。只要迎着太阳，阴影总在身后。

行走天地间，腰杆一定要直

《伊索寓言》里有个故事：有一个人想得到一块土地，地主就对他说：清早，你从这里往外跑，跑一段就插个旗杆，只要你在太阳落山前赶回来，插上旗杆的地都归你。那人就不要命地跑，太阳偏西了还不知足。太阳落山前，他是跑回来了，但已精疲力竭，摔了个跟头就再也没起来。人们只好挖了个坑，就地埋了他。牧师在给这个人做祈祷时说："一个人要多少土地呢？就这么大。"

因为贪婪，想得到更多的东西，却把现有的也失掉了。

想的太多，睡不好；要的太多，送了命。人啊，心简单些，才快乐；心知足些，才幸福。

谁能做到"身外物，不奢恋"，谁就会活得轻松，过得自在。身上修筑了这个无形的"桃花源"，不仅可以改变体内的循环状态，还可以保护自己的身心不受损害。

古时候，有一个老翁上街去赶集，不小心丢失了一匹马，邻居们都替他惋惜。老翁却说："这也许是件好事。"众人听了都笑他。

过了几天，丢失的马跑了回来，而且还带回一匹骡子。众人看了无不羡慕。老翁不高兴地说："你们怎么知道这不是件坏事呢？"大伙听了都以为老翁让好事给乐疯了，连好事坏事都分不清。

几天后，老翁的儿子骑骡子在场院里玩，一不小心把腿摔断了。众人都劝老翁不要伤心难过。老翁笑着说："你们怎么知道这不是件好事呢？"邻居们听了难以置信。

事隔不久，爆发了战争，凡是身体好的青年都被强行拉去当了兵，战后很少有人回来，而老翁的儿子因腿瘸留在家里，平安度过一生。

这就是著名的"塞翁失马焉知非福"的成语故事。

老子说："祸兮，福之所倚；福兮，祸之所伏。"在灾祸的里面，未必没隐藏着幸福，而在幸福之中，未必没隐含着祸患之源。所以，人常说，天有不测风云，人有旦夕祸福。

小说《白鹿原》中有一段富有哲理的话："世事就是俩字：福祸。俩字半边一样，半边不一样，就是说，俩字相互牵连着。就好比箩面和箩筐，咣当摇过去是福，咣当摇过来是祸。所以说要明白，凡遇到好事的时光甭张狂，张狂过头了，后边就有祸事；凡遇到祸事的时光也甭乱套，忍着受着，哪怕咬着牙也得忍着受着，忍过了，受过了，好事跟着就来了。"

人生是个小舞台，只有一小部分人有幸在万众瞩目中登台表演。而人生却是个大看台，所有人都曾经处在台下翘首观望他人。大多数人一生的大部分时间都待在台下，因而更重要的不是如何登台表演，而是如何做一个有质量的观众。你虽然看着他人表演，但自己也要活得有质量。如果做不到这一点，那么，你既对不起台上人的表演，也对不起自己的人生。

徐悲鸿说：“人不可有傲气，但不可无傲骨。”傲骨在哪儿？我琢磨应该在腰。古人云：“腰者，身之大关节，所以司屈伸。”一个人想有所攫取，腰肯定直不了。所以才有了许多形容卑下状的词：弯腰、弓腰、屈腰、哈腰、折腰，以及借助外力的撑腰，等等。李白“安能摧眉折腰事权贵，使我不得开心颜”与陶潜“不为五斗米折腰”，大概都是有傲骨的表现。做一个有质量的观众，行走于天地间，腰杆是一定要伸直的。

其实，真正的强大，不是去征服什么，而是能承受什么。承受生活给你的所有伤痛和苦难，接受自己最真实的面貌和现状，无论命运如何安排，都可以坦然面对，这样的你就是强大的你。

那些有傲骨的人，看似柔弱，但却积蓄着无尽的能量，最终一切貌似不可战胜的事物，都会拜倒在他坚忍十足的执着中。那些有傲骨的人，不是不懂得失败的滋味，也不是不知道伤悲的痛心，而是，跌倒了，爬起来，擦干泪，去面对！

芦　花

哦！芦花啊，
你是在等我吗？
你拔节成长时，
我没有来；
你翠绿繁盛时，
我没有来。

错过了你风华正茂的季节，
却在你褪尽繁华的时候，
我来了！

来了，
就遇见了芦花飞絮。

夕阳下，绽放飞絮的芦花啊，
那么的唯美。

秋水明净，风高气爽，
洁白的芦花，在夕阳中飞舞，
一层层、一团团，
像云絮铺展在秋野之上。

那一丛丛、一簇簇的芦花，
历经着流光飘浮，
历经着生灭沉积，
无数芦花的精灵，
零落成泥，凝重长绵，
堆积成芦苇根下的黑土，
滋养了一季又一季的芦色青青。

芦花有自己的思想吗？
芦花有自己的神韵吗？

春天里，不与百花争艳；
夏天里，不与大树争荫；
秋天里，不与枫叶争红；
自然天成的芦花啊，
成长着，飘落着，
淡定着，从容着，
一卑一微皆成生命！

人不也如芦花一样吗？
芦影娉婷，与秋风一样清。
“人是一株有思想的芦苇。”
丰富中简约，
柔弱中坚硬！
生来傲骨撑天下，
立世女儿挺脊梁！

爱这素白的芦花，
秋风醉笑芦花白，闲看月清凉！

此刻，
融化成一朵风中的芦花，
散淡、舒展、自在，
望着阳光，争着朝夕，
共舞在秋光里，
舞出一世的浪漫……

胡杨之魂

活着，一千年不死；
死了，一千年不倒；
倒了，一千年不朽。
大漠中的胡杨啊，
你悲壮得如同英雄的感叹！

你的跋涉是何等艰辛？
你的求索是何等勇敢？
千年风沙在你身上留下道道伤痕，
你是死寂沙地的舞者，
旋转着生命，
记录着顽强。
那一株枯枝下，
新的枝条正蓬勃而出，

将再一次诠释生与死的生命礼赞！

胡杨，不朽的胡杨啊！
你顶风傲沙，气宇轩昂地矗立于天地之间；
你奇特孤绝，伟岸挺拔地存在于天地之间；
你顽强坚忍，诗意盎然地傲立于天地之间。
岁月沧桑，四季轮回，
风霜雨雪，千磨万击，
你向世人呈现的始终是：
大气壮阔，从容厚重，
枯中有荣，执着不渝，
那是在戈壁荒原上，
昂扬着的生命旗帜！

你以一种绝美的姿态，
站立成一道绝世的风景。
你的根深深扎进贫瘠的沙砾，
不畏漠风肆虐，
不畏莽原平芜，
身躯横陈于大地，
却紧守着生命的年轻。

你以顽强之躯刚毅之魂，
不屈不挠之性，
不亢不卑之气，
展示着傲骨，

展示着信念。

人生莫不过如此！
多一些苦难磨炼，
少一些盛誉赞歌；
多一些坎坷艰辛，
少一些欲望名利，
生命更显悲壮之美、坚毅之美、阳刚之美。

胡杨，不朽的胡杨啊！
你是如此的孤独，
经常会被遗忘，
经常会被轻视，
可你依然
从容地接受着阳光，
从容地享受着生长。

而从容是多么难得的品质啊，
那是乱云飞渡时的沉着冷静，
那是物欲横流时的甘愿寂寞，
那是坎坎坷坷中的刚毅执着，
那是大起大落中的心平气和。

茫茫沙海，绵延荒漠，
千年的风沙吹不尽岁月的痕迹，

你用生命的哲理告诉我：
只有自强自立，
只有坚强坚忍，
才会有属于自己的一片绿洲，
才会成为一道独特的风景，
才会完成自我生命的救赎。

如果你在人生痛苦的旋涡里，
长久沉浮反复挣扎力量殆尽，
去看一看胡杨吧！
如果你遇到挫折和不幸的打击，
对生活失去信心，
对前途感到失望，
去看一看胡杨吧！
如果你憎恶尘世，轻视生命，
内心空虚，灵魂孤独，
就去看一看胡杨吧！

不见胡杨，不知生命之辉煌！
不见胡杨，不知生命之壮美！

噢，布达拉宫

一块硕大无比的文物，
被世界的目光擦亮。
一部厚重的书籍，
被世人用朝圣的方式传阅。

灵魂之水在经幡上飞舞，
情愫之风在转经上飘逸。

连绵的群山怀抱着你执着的理想，
矫健的雄鹰点缀着你炽热的爱情。
高耸的冰山是你精美的壮语，
狂奔的野马是你雄壮的誓言。

我始终无法懂得你偌大的宽广，

也无法敲响进入你胸襟的钟声。
我始终难以抵达你静穆的热情，
也难以抵达被雄鹰激活的长空。

英雄在这里止步，
豪杰在这里跪拜。
崇高在这里渺小，
烦琐在这里简洁。

普通的历史埋入地下，
精粹的历史刻在山巅。
宏亮的历史发出声音，
壮丽的历史喷出光泽。

噢！布达拉宫！布达拉宫……

路的断想

每一段路，都有一段故事，
每一段路，都有迷人风景。
延伸的路，延伸着精彩，
延伸着希望，
延伸着未来！

枯藤自有枯藤的无为，
老树自有老树的清静，
昏鸦自有昏鸦的自在，
不比小桥流水卑贱、逊色。
自己的路自己走，
没有西风，照样春暖花开；
不骑瘦马，照样悠然自得。

路还是那条路，
人不是那个人。
过去的路，曾经精彩，
未来的路，魅力更大。
不同的地段，不同的风景，
有相似，却不会重复。

用生命相许的路啊，
因亲情而宽阔，
因感怀而厚重，
因思念而飘远，
因情结而生根！

多元的路，丰富着人生。
多元的路，推动着发展。
多元的路，防范着风险。
多元的路，揭示着未来。
多元的世界，更加精彩。
多元的世界，更加丰富。

散步，实为散心，
走路，实为强体，
名贵的鞋子，
留下的脚印未必名贵。
没有最好的路，
只有最适合的路。

路越泥泞，留下的脚印越清晰；
负载越重，留下的脚印越深刻。
受人敬仰的脚印，
多从荆棘路中踏出。
路承载着脚印，
脚印延伸着路。
深处的路，有独特的景观；
高处的路，有俯瞰的全景；
转折的路，有无限的风光：
难处的路，有独领的风骚。

暂时的离别，
是为了惊艳的回归！
大地是稿纸，
脚印是诗行。
要问路在何方？
在脚下，
在远方，
在心上。

假　如

假如我是一株草
我愿把她栽在你心里
散叶春葳蕤

假如我是一池荷
我愿把她留在你眼中
出泥而不染

假如我是一滴水
我愿把她涂在你唇上
对镜润相思

假如我是一枝梅
我愿把她挂在你胸口

料理成风月

假如我是一朵菊
我愿把她插在你耳旁
抱香枝头老

假如我是一棵松
我愿把她靠在你身边
凌云共游嬉

假如我一无所有
就用血吧
用我的血浇灌你的心
头发可以白
情不可以老……

双亲宝贝

你们把我活到了中年
把自己活成了双亲宝贝
你们用一百五十岁的关怀溺爱我
我要用一颗舐犊的心
反哺这几十年对你们的亏欠

爱你们的节俭
爱你们的琐碎
爱你们喜看那无聊的电视剧
爱你们喜听那吼着唱的秦腔
爱你们的争争吵吵唠唠叨叨

爱你们快要老掉牙的抿嘴一笑
爱你们两辈子也放不下的牵挂

爱你们烤红薯时荡漾的芬芳
爱你们炝土豆时飘出的葱香
爱你们煎小鱼时乱窜的腥味

我想揽下日月为你们祈祷
我想死死守住你们的健康
像儿时捂住口袋里的糖豆
生怕不小心蹦出来
掉进疾病的灰尘里

我想你们结结实实活过百年
好让我随口喊一声爸叫一声妈
仿佛又回到年少的时光
家是暖暖的
心是暖暖的

父母在哪里
家就在哪里
我的双亲宝贝啊
你们的快乐和健康
才是儿女们最贵重的财富！

有期待的人生，才是有希望的人生

我们每个人都拥有一双翱翔蓝天的翅膀，那就是激情、勇气和希望，但当这双翅膀被折断时，我们是否还有足够的信念让翅膀再生，从而永不坠落地飞翔？

耐心地做好生活中的小事，那是培养我们成功品质的基础。改变不了别人，就赶快改变自己。最值得依赖的朋友在镜子里，那就是自己。

你心里想什么，别人不会在意。无论你有什么思想和道理，假如不付诸实施，就没有任何价值。

有时候，坚持与妥协既相互矛盾，又相辅相成。坚持可以带来成功，妥协则能产生和谐；坚持可以支撑人们勇往直前，妥协则能帮助人们绝处逢生。坚持还是妥协，是我们经常会遇到的抉择。只有妥协，没有坚持，就成了随波逐流；只有坚持，没有妥协，则很难为现实所接纳。坚持该坚持的，妥协可以妥协的，关键是找到平衡点。

调焦启发：焦距调准以后，若再往前一点就会虚，说明“过了”；若再往后一点也会虚，说明“不足”。处事之理，与“调焦”有几分相似。

要公平就必须敬畏规则。让规则看门，比其他东西更安全有效。敬畏所有光明正大的规则，就是尊重公平和效率！

有时候，放弃是一种睿智，它比坚持更重要。心态从容，进退有据，放弃实际上也是一种选择，没有明智地放弃就不会有辉煌地选择。常言道：“不要在一棵树上吊死”，“不要一条道走到黑”，话俗，但理真！

人之所以伟大，是因为他有思想。思想是男人的肌肉，是女人最好的化妆品。思想成就人的尊严。

幸福使人长久幼稚，苦难使人很快成熟。挫折使人激励奋进，享受使人懈怠安逸。

思维的享受是最高的享受，创造的甘甜是最美的甘甜。成熟的人，不会盲目乐观，更不会盲目悲观，而是会勇敢穿越在漫漫旅途中。

不轻易流露的感情，往往更真；被克制压抑的感情，常常更深。因为难才更可贵，因为难所以才有无言之美。

思考之花只有与行动结合才能结出果实。甘于寂寞者将来倒不会寂寞，不甘寂寞者将来倒反会寂寞。为了名利浮躁闹腾的人，收获的也将是浮躁和闹腾。

一个不相信自己的人，就无法调动自己的潜能，也无法使别人相信他，帮助他。

西方的天使，离不开一双像鸟儿一样的翅膀，中国的飞天，无需翅膀就能畅游无穷。一个有翼而飞，一个无翼而翔。无论天使还是飞天，只有找到自己才是最好。

不能用自己的尺子去度量别人，就如不能强迫玫瑰花和紫罗兰散发同样的芳香。

当你事事追求完美时，你在别人心中就不完美了。学会欣赏自己的缺憾。有时候，缺憾也是一种美，正是这种美才使人有了对完美的向往和追求。不完美的背后，是对完美的期待，有期待的人生，才是有希望的人生。